JN049170

OFFICIAL

SUBCULTURE

OYAJI

HANDBOOK

オフィシャル・サブカルオヤジ・ハンドブック

佐藤誠二朗

集英社

まえがき

昨今、「サブカルチャー」は論争を招きやすい厄介な言葉になっているるらしい。

人類が生んだ様々な文化のうち、伝統芸能、学問、古典美術、クラシック音楽、古典および純文学などを示す「ハイカルチャー」(あるいはメインカルチャー、主流文化)に対比される概念がサブカルチャー。一部の集団を担い手とする下位文化、対抗文化、大衆文化と定義されている。

ポップミュージック、ファッション、娯楽文学、マンガ、アニメ、映画、ポップアートなどなど、サブカルチャーの範疇は幅広く、非常にざっくりした概念だ。
それゆえサブカル派を自認する人それぞれが、十人十色の"俺のサブカル"観を持っていて、みんなで仲よく着地できる地点は、なかなか見つからない。
また近年の日本でサブカルといえば、アニメ、アイドル、特撮、ゲームなどのいわゆるオタクカルチャーのみを指すと認識している人も多かったりして、話はますますややこしくなっている。

本書のタイトルには、あえてそんな厄介な言葉を持ち込んだ。
しかも、著者の半径2メートル以内に存在する極私的な物ごとのみを取り上げ、主観をブンブン振り回して書き綴ったコラム集であるにもかかわらず、「オフィシャル」(公式)というご大層な冠まで、みずから

すすんでかぶってしまった。

『オフィシャル・サブカルオヤジ・ハンドブック』。
これが1980年（日本語翻訳版は1981年）に発行されたリサ・バーンバックによる名著『オフィシャル・プレッピー・ハンドブック』への愛を込めたオマージュであることは言うまでもない。
語呂合わせと勢いのみでつけたタイトルなのだが、脊髄反射で「どこがオフィシャルなんだ？　それに、書いてあることがちっともサブカルではないじゃないか！」という、"俺のサブカル"ガチ勢による批判の声が聞こえてきそうだ。

それに対して反駁できる理論など持っていない。
ただ「まあまあ、いいじゃないっすか。人の数だけサブカルはある。だから、ある意味みんな"公式"なの。僕流のサブカル観が、もしかしたらどこかの誰かに響くかもしれないし。そんなもんっしょ」というノリを理解していただき、どうか軽く受け流してもらえればと祈るばかりだ。

本書は2019年4月1日から2020年9月18日までの約1年半にわたり、集英社が運営するウェブサイト「よみタイ」に寄稿した380本のうちから100本をピックアップし、1本の書き下ろしを追加したコラム集だ。ウェブ連載時のタイトルは、『グリズリー世代のバック・トゥ・ザ・ストリート』としていた。

グリズリー……それは北アメリカ北部に生息する大きな灰色のヒグマの名であると同時に、白髪交じりの頭を形容するスラング。頭にちらほら白いものが目立ち始める40〜50代を、アラフォー、アラフィフといってしまえば簡単だけど、いくつになってもオシャレと音楽が大好きで遊び心を忘れない彼らを「グリズリー世代」と名付けよう——
というかっこいいリード文をつけ、毎週月曜から金曜まで、1日1本ずつ、計5本をひたすら書き続けた。

読者を正しい道へと導いたり、有益情報を提供したり、啓蒙したりしようなどというつもりは毛頭なく、アラフィフおっさんである僕の心をさんざめかせた日々の物ごとについて、友人に話すように気楽な感じで書きつけてきたら、いつの間にか380本もたまってしまった。
せっかくだから集英社さんが一冊の本にまとめてくれることになった、というのが本書成立の偽りなきいきさつだ。

もうひとつ率直にいえば、連載開始時には"グリズリー世代"という言葉が流行ればいいなと妄想していたのだが、どうにもまったくそんな気配はないので、この書籍ではそこには触れず、なかったことにしてしまおうとも考えた。でも性根が正直なもので、一応お断りしておくことにした次第である。

連載していた1年半の間に、世界ではさまざまな出来事があったが、もっとも強烈なインパクト案件は、2020年の早春から世界中に広

がった新型コロナウイルスである。

我々の日常生活の質やリズム、家族や仕事、生活、お金、他人に対する姿勢、そして将来の人生設計に至るまで大きく変えてしまったコロナ野郎。

その災厄に見舞われた期間に、平日毎日更新のコラムを連載してきたことは、一種の運命だったのかもしれない。

「人生、だいたい何とかなるでしょ」という大雑把な思想を持つこんな僕でさえも気分が暗く沈むことがあったし、人生について深く考え込むこともあったのだが、コラムはそこから一歩踏み出し、なるべく明るく軽やかに、好きな物ごとに囲まれて楽しく生きるお気楽な日々を綴りたいと考えた。

果たしてその試みが成功したのかどうかはわからないが、本書の各コラムにはウェブに実際に掲載された日付も載せているので、行間に筆者の心の機微を感じ取っていただけるとうれしい。

自身もグリズリー世代（もしかしたら、これから流行るかもしれないので、念のためプッシュ）まっただ中にいるこの僕が書き綴った、極私的オフィシャルコラム（あえて矛盾を残しておきます）。

まあ難しいことは言わず、一介の典型的昭和世代サブカルくそオヤジによるライフログ、あるいは単なる日々の戯言と思ってご笑覧いただければ、筆者は、はなはだ満足である。

Officia
Subcu
Oyaji
Hand

ture

book

CONTENTS

Chapter Two
SPIRITS

Chapter Three
LIFE & HOBBY

Chapter Four
CULTURE

あとがき

※本書はウェブサイト「よみタイ」(https://yomitai.jp/) に連載していた『グリズリー世代のバック・トゥ・ザ・ストリート』(2019年4月〜2020年9月)に、加筆・修正、書き下ろしを加え、再編集したものです。

Chapter One
FASHION

なまじファッション誌の編集長をやっていたという経歴を持っているので、僕のことを最新流行大好きファッション人間と誤解する人は多い。でもこの際はっきり言っておくと、僕は流行の服や人気ブランドなんて、心底どうでもいいと思っている。

僕がファッション誌の編集部に配属された29歳のときだ。その頃、スペインのシューズブランドであるCAMPERの靴が流行していたのだが、僕は打ち合わせでそれをつい、「キャンパー」と読んでしまった。すると、編集部歴は僕より長い年下のある編集部員が、「佐藤さん、『カンペール』っすよ。知らないんすか?」と、バカにしたような目で見ながら言ってきた。そのときはグッと堪えたが、僕は心の中で「バーカバーカ、知るかよバーカ」と、その後輩をののしった。

誤解なきように言っておくが、カンペールは本当にいいブランド
だし、僕もその後に長く続いたファッション誌編集生活で、流
行について学ぶ努力を惜しまなかったつもりだが、"流行を知ら
ない"というだけで人をバカにする、その後輩のオシャレ観は
やっぱり理解できなかった。

そしてもうひとつ断っておくと、最新流行の服やブランドに興味
がないといっても、ダサい格好はしたくないし、オシャレ自体
は大好きなのだ。では、どんなスタンスで服を選んでいるのか。
その答えを、これから続くページで書いているつもりだ。

ちなみにその嫌味な後輩は現在、ファッション業界ではちょっ
と名の知れた人物になっている。つまり明らかに僕の方にファッ
ションエディターとしての適性がよりなかっただけなのだ。

Anorak

アノラック〜ロックカルチャーと結びついた
ギークなアウトドアウェア

date : 2019.4.10

アノラックが好きだ。

アノラックというのは、昔はヤッケとも呼ばれたフード付きアウトドアウェア。普通のマウンテンパーカやダウンジャケットと違う最大の特徴は、前が全部開いていないプルオーバータイプであること。前が開いていないので、防寒・防風・防水性に優れているが、アウターなのに頭からかぶらなければならず、脱ぎ着は若干面倒だ。

現在のアウトドアウェアは性能が高いので、前がジップやボタン留めでも十分に雨・風・寒さを防げる。つまりイヌイットの防寒具を起源とするアノラックは、そうした高性能ウェアが開発される前に成立した、アウトドアパーカの元祖のような服なのだ。

最近、アノラックがトレンドにもなったので、今、僕のクローゼットには冬物2着、春秋物2着、計4着のアノラックが入っている。

普段着のアノラックを着て
珠玉のサウンドを奏でたグラスゴーのバンド

アノラック好きになったのは、その昔1990年頃、ザ・パステルズやBMXバンディッツ、ザ・ヴァセリンズ、ティーンエイジ・ファンクラブといった、スコットランド・グラスゴーのインディー系ロックバンドのファンになったからだ。ジャンルとしてはネオアコやギターポップにも分類されるそれらのバンドのサウンドは、ちょっと腑抜けたような雰囲気の素朴なポップ。
聴いたことがない人はぜひこの機会にどうぞ。最高だから。

彼らはグラスゴーという寒い土地を本拠としていたことと、音楽に見た目なんて関係ないんだという姿勢を示すため、肩の力の抜けた緩いファッションを好み、普段着のアノラックを着てメディアに登場することが多かった。
そのためメディアは彼らに"アノラックサウンド"という呼び名をつけた。

アノラックを着ると、誰でもちょっとダサく、オタクっぽい感じになれる。
そこがいいんだけど、この気持ちわかってもらえるだろうか。

Ripped Jeans

デニム～おっさんこそが堂々と
穿きこなすべきは、ダメージデニムなのだ

date:2019.4.12

18歳の頃、地元の教科書配送倉庫でアルバイトを始めた。そこにはパンクスの先輩バイトがいて、僕は彼が穿いていたダメージデニムに心を奪われた。

1980年代後半の当時、ダメージ加工デニムはまだ売られてなくて、DIYでつくるのが常識だった。僕も何度か挑戦してみたが、どうしても自然な雰囲気のダメージができなかったのだ。
ところがアナーキーな兄貴の穴あきデニムは、まさに何年も穿き古したように自然なものだった。
思い切って尋ねると、一見強面の兄貴は柔和な笑顔で教えてくれた。
「サープラスショップで弾丸の空薬莢をいくつか買ってきな。ペンチを使って薬莢の端をギザギザにして、ジーンズに絡めて洗濯機で回すんだよ」と。

ああ、なんてかっこいい……。と思ったけど、どう考えても洗濯機のダメージの方が激しく、親の激怒が予想されたのでやらなかった。

ヒッピー、パンクス、メタル、グランジのファッション

ダメージデニムの発明者は1960年代のヒッピー、そして第一継承者は1970年代前半に登場したニューヨークのパンクスだ。
エコ志向のヒッピーは物を大事にする姿勢を示すため、ボロボロのデニムをパッチで飾って穿いた。
パンクスはその影響を受けつつ、飾らずズタボロのまま穿く方がハードでかっこいいと思った。おそらく最初は、仲間内だけの流行だったそうした着こなしは、70年代後半のロンドンパンクス、そして80年代のハードコアパンクスやメタルヘッズへと受け継がれ、90年代前半のグランジがブームになる頃には完全に市民権を得た。
デニムメーカーが、ダメージ加工を施した商品を売りはじめたのはその頃からだ。

ダメージデニムはグリズリー世代になじみのストリートスタイルのひとつ。若いやつらなんかより、絶対かっこよく着こなせるはず。と自信を持って、しばらくご無沙汰している人もまた穿いてみてはいかがだろう。

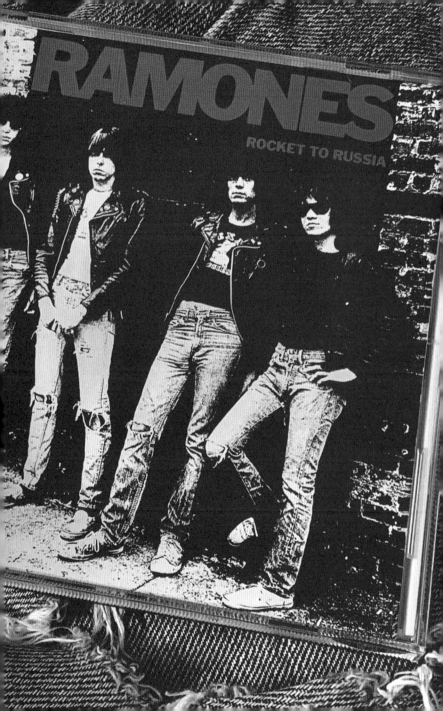

FASHION #003

Color Select

カラーコーデ〜
"おっさん・イン・ピンク"はありなのか？

date : 2019.4.15

80年代に『プリティ・イン・ピンク』という青春映画の傑作があった。すごくざっくりまとめると、貧しいけれどセンスのいい高校生の女の子が、スクールカースト上位の裕福な同級生に迫害されながらも、チープな古着や小物で自分らしくオシャレして、本当の恋を見つける物語。
ザ・サイケデリック・ファーズ（これも懐かしい）が演奏する同名の主題歌も良かった。

で、高校生のかわいい女の子だったらもちろんありだけど、グリズリー世代のおっさんがピンクの服を着てもいいのか、という話である。

歳を重ねると、どうしても白や黒、グレー、ネイビー、カーキ、ベージュなどの落ち着いた服を着たくなるものだ。モノトーン系のコーディネートが無難であることは間違いない。
でも、そういう地味な服ばかり着ていると、よりいっそう老け込んで見えるというのもまた然り。

結論＝ピンクはあり！
グリズリー世代こそ明るい色の服を着よう！

グリズリー世代は、若い頃よりむしろ明るく派手な色の服を着た方がいい、というのが僕の持論だ。だから、ピンクだって全然ありじゃん、と思う。

そもそも男性のストリートスタイルでは、昔から脈々とピンクの服が着られてきた。古くは1940年代のズーティーズ、1950年代のテディボーイズ、ロックンローラー、1960年代のヒッピー、1970年代のパンクスetc.……。メインにしろ差し色にしろ、男が堂々とピンクを着こなしてきたのだ。

そうはいっても、さすがにこの歳になって……と躊躇する向きもあるだろう。確かに、普段着としてはややハードルが高いのかもしれない。でも、例えばゴルフのときのパンツや帽子であったり、リゾートでのシャツやベルトであったり、そういう特別なタイミングにさりげなくピンクを差し込んでみてはどうだろう。

気分は上がるし、客観的にもぐっと若返って見えるはずだ。

“おっさん・イン・ピンク”。流行らせようぜ!

Border Shirt

ラフィンノーズからココ・シャネルへ〜
ボーダーシャツに秘められた、実は深い歴史の話

横じま＝ボーダー柄のシャツは、春から初夏のストリートスタイルには欠かせない定番中の定番。グリズリー世代にもハマりやすいアイテムだ。
メンズストリートファッションというちょっと偏った観点であることはあらかじめお断りしておくが、ボーダーシャツの歴史をさかのぼってみよう。

僕が最初にボーダーシャツをかっこいいと思ったのは、高校時代に好きだったパンクバンド、ラフィンノーズのボーカル、チャーミーがよく着ていたからだった。

チャーミーのようなパンクスが意識していたのはおそらく、ニューヨークの伝説的バンド、ラモーンズのスタイルだ。タイトなボーダーシャツの上にダブルライダースを合わせたラモーンズの影響で、ボーダーシャツは1970年代以降、ロックファッションのひとつとして認識された。

だが実は、ダブルライダースとボーダーシャツを合わせるスタイルの先駆者は、1960年代にアート界を引っかき回しながら一世を風靡したポップアートの巨匠、アンディ・ウォーホルだった。当時のロックスターやセレブは、こぞってウォーホルスタイルを真似していたという。

ピカソから
ココ・シャネルへとたどり着く、
ストリート・ボーダースタイル

そしてアンディ・ウォーホルのボーダーシャツスタイルも、ある先達の影響を受けている。それは20世紀最大の芸術家、パブロ・ピカソ。アンディ・ウォーホルを含む多くのアーティストがボーダーシャツを好んだのは、20世紀初頭から中頃にかけて旺盛な創作活動をしていた天才・ピカソの影響と考えられている。

では、ピカソはなぜボーダーシャツを好んだのか。
ボーダーシャツの代表格である、ボートネックのバスクシャツは、スペインとフランスにまたがるバスク地方の漁師が16世紀から着ていたシャツが原型になっている。パリで活動していたスペイン出身のピカソは、バスクシャツに郷愁を覚えていたのかもしれないし、当時の最先端トレンドの影響も受けていたのかもしれない。

1930〜40年代、ボーダーシャツは流行していた。アメリカ人セレブの間で、バスクシャツにエスパドリーユを合わせるマリンリゾートスタイルが広まっていたのだ。
このブームの端緒は、1910年代にココ・シャネルがバスク地方で見かけた水兵のボーダーシャツを気に入り、みずからのコレクションに加えたことだという。

ボーダーシャツのことを考えていたら、ラフィンノーズからシャネルにたどり着いてしまった。
ファッションとは面白きものよのう。

ドクターマーチン〜ストリート
"アンチスタイル" の最右翼ブーツ

date : 2019.4.24

ロック好きにはありがちだが、ブーツが大好物だ。特に、拙著『ストリート・トラッド』の表紙にもしたドクターマーチンの8ホールブーツ「1460」、それもチェリーレッド（赤茶）は最高だと思っている。ドクターマーチンの最初期モデルである「1460」チェリーレッドは、僕の好きなカルチャーである1960年代のスキンヘッズが見出したアイテムだ。

大学生になってすぐ、バイト代をはたいて1460を買い、嬉しくて毎日履いていた。

一年生のときの語学クラスは、イギリス人の嫌味な初老男が講師をしていた。仮にミスター・ジェイコブとしておこう。ジェイコブはある日、僕に「summerなのにyouはどうしてeverydayそんなstrangeなbootsをput onしている？　Why?」と聞いてきた。僕が「It's rock style」的な答えをすると、ジェイコブに「Ha!」と鼻で笑われ、すごく頭にきた。

今思えば、いかにもお堅い英国紳士風のジェイコブにとって、スキンヘッズやパンクスの履物である

Dr. Martens 1460

マーチンのブーツは、バカな若者のくだらないファッションに見えて嫌いだったのかもしれない。

似非ジェントルマンだった英国人講師とドクターマーチンブーム

でもそんなジェイコブはのちに、大学に無断で学生から金を集めて自宅でサマースクールを開いたり、何人もの女子学生を口説いていたりしたことが発覚してクビになった。
あいつ、ちっともジェントルマンじゃなかったのだ。

なんだかどうでもいいことを思い出してしまった。
兎にも角にも僕は、自分にとって最良のブーツで

あるドクターマーチンの「1460」チェリーレッドをその後もずっと履き続け、現在は三代目と四代目を所有している。

昨今、ドクターマーチンは空前のブーム。街で履いている若い子を見かけることも多い。
彼らの履き方やコーディネートを見るにつけ、ちょっとひとこと言いたくなることもあるのだが、もちろん黙って温かい目で見守る。
ドクターマーチンなんて、ストリート"アンチスタイル"の最右翼だ。
その時代の若者が独自の解釈で、自由に履けばいいに決まっているのだ。

Rugged Accessories

ウォッチプロテクターと
ドッグタグ〜
80年代に流行った
ラギッド小物

date : 2019.5.7

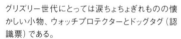

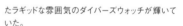

グリズリー世代にとっては涙ちょちょぎれものの懐かしい小物、ウォッチプロテクターとドッグタグ（認識票）である。

いきなり脇道にそれるが、"涙ちょちょぎれる"というのも懐かしい。アニメ化もされた人気マンガ『いなかっぺ大将』から流行った言葉で、もともとは土佐弁だという説があるそうだ。

ウォッチプロテクターもドッグタグも"涙ちょちょぎれる"も、流行という観点では完全に死んでいて、今の若者からすれば「なんじゃそりゃ？」の世界である。

ウォッチプロテクターのゴムはもともと、シュノーケルと水中ゴーグルを連結するために使われるダイバー用品だ。時計のプロテクターに転用しようと考えた人が誰だったのか、いつ、どこから流行がはじまったのか、今となってはわからない。

当初はダイビングの際に、時計の風防を岩やサンゴから守るという実用目的だったが、徐々にファッションアイテムとして認識されるようになった。

若者にとってサーフィンとダイビングが憧れスポーツであった1980年代、陸サーファー＆陸ダイバーをはじめ多くの若者の腕には、プロテクターをつけたラギッドな雰囲気のダイバーズウォッチが輝いていた。

文字盤がものすごく見にくくなるという、致命的デメリットがあるにもかかわらず。

これからの時代、
ドッグタグの再流行に期待する理由とは

ドッグタグの方もやはり、ラギッドなものを求める時代の雰囲気から流行した。

こちらの発端ははっきりしている。1986年に相次いで公開されたアメリカの映画『トップガン』と『プラトーン』の影響だ。

これらの映画の中で、米兵が首からぶら下げていたドッグタグが注目された。まあ、戦場以外ではまったく無用の長物なのだが、なぜかオシャレアイテムとして大ブレイク。日本だけではなく世界中の若者のアクセサリーとして普及した。

ウォッチプロテクターもドッグタグも、流行した80年代当時はどちらかというとチャラい人たち、今風

にいうとリア充のパリピが好むものだったので、僕はどちらも敬遠していた。

でも流行が終わって幾星霜の現在、なぜか買ってみてたまに使っている。我ながら流行遅れも甚だしいが、非常に懐かしく甘酸っぱい気分になるし、同年代の人からのウケがすこぶるよい。

ウォッチプロテクターはさておき、ドッグタグはこれから再流行するといいのにとも思っている。超高齢化社会が進行する現在、我々だって何歳まで生きるかわからないし、いずれ認知症になって家族に心配をかける可能性は大いにある。

体にマイクロチップをぶち込まれるのは抵抗があるから、僕は名前と緊急連絡先を打刻したドッグタグを常に首からぶら下げ、ラギッドなオシャレ老人になろうと目論んでいる。

Shorts

ショートパンツ〜
グリズリー世代が穿くべき短パンとは？

date : 2019.5.8

そろそろショートパンツが恋しい季節になってきた。

フリーランスの身の僕は、ちょっとでも夏の兆しが見えたらすぐショートパンツに切り替える。気がつけば、最後に長いパンツを穿いたのって何日前だっけ？ という状態になる。

子供の頃に思い描いていた"渋い大人の男像"とはまるで違う49歳になっているが、そんなことで思い悩むフェーズはとっくに過ぎているので、毎日大いばりで短パンだ。

蒸し暑い日本の夏を快適に過ごすには、ショートパンツが最適であることは間違いない。

2019年5月現在、来年のオリンピック後の日本経済がヤバいとかいろいろ言われているけど、いっそのことクールビズをもっと進めて、銀行員も政治家も夏はショートパンツでOKということにしちゃったら、経済効率も少し向上するのでは？

知らんけど。

ベリーベリーショートの
パンツが引き起こす、
あまりに情けない悲劇

男のショートパンツの丈にもトレンドがある。ドメスティックなストリートスタイルの原点である1950年代の太陽族と1960年代のみゆき族が好んだバミューダパンツは、アメリカのアイビーリーガーの模倣だったので、膝上丈の結構な短さだった。

その後、トレンドは短くなったり長くなったりさらに短くなったりと細かく揺れ動き続け、ここ10年はタイトかつ短めが主流になっている。

特に5年くらい前からは短い方がよりオシャレという風潮も見られ、トレンドに敏感な人ほど、ベリーショート丈に果敢に挑戦していた。

中には「初期サザンオールスターズか！」と思うほどのベリーベリーショートを穿く人も。1970年代に流行したジョギングパンツほどの短さである。

でも僕は心中で、「さすがにそれはないだろ」と思っていた。

小学生のような物言いでたいへん恐縮だが、大人の男が、うっかりしたら横金がはみ出してしまうようなパンツを穿くなんて、どうかしている。

実際、トレンドに敏感なオシャレさんほど、横金事故を起こしていたんじゃないかと思う。女性ウケもかなり悪かったようだ。

昨今のトレンドは少し丈の長さが戻り、膝上くらいになっているようだ。これはちょうどいい塩梅ではないかと思う。膝が隠れる長さだと脚が短く見えるし、あんまり短いと気持ち悪いし、それに横金が……。

とはいえエッジーなトレンドとして、ワイドシルエットで膝下丈もよしとされているようだ。でもこれも、かっこよく穿きこなすのはなかなか難しそうだぞ。

FASHION #008

Favourite Shirts

好き好きシャーツ〜ボタンダウンと
ライン入りポロシャツがあれば大丈夫

date : 2019.5.14

ニューウェーブ全盛期の1981年に、英バンド、ヘアカット100がリリースしたデビュー曲『Favourite Shirts (Boy Meets Girl)』。僕はこの曲が好きで、今もよく聴く。

ちなみに1970年代末から80年代にかけてブームとなった"ニューウェーブ"は、ひとつの音楽ジャンルではなく、パンクムーブメントで混沌となった音楽業界の中から新たに登場した、様々なスタイル全般を指す総称。
ヘアカット100は、ファンクやラテンのリズムとノリをロックに融合させた"ファンカ・ラティーナ"というダンスミュージックの代表格バンドである。

えっと……、なんの話だったっけ？
そう、『Favourite Shirts (Boy Meets Girl)』!
リリースされた当初、日本のレコード会社がつけた邦題は『好き好きシャーツ』という、衝撃的にダサいものだった。
そして、僕の好き好きシャーツの話をしようと思ったらこんな長い前置きになってしまった。

アイビー、モッズ、そしてスキンヘッズが好んだ二種類のシャツ

クローゼットの中にあるシャツのうち約8割は、ボタンダウンシャツとライン入りポロシャツ。いずれも僕の好きなカルチャーであるモッズとスキンヘッズが、かつて愛用したアイテムだ。

1960年代前半、イギリス・ロンドンの若者の間で盛りあがったカルチャーがモッズ。でも彼らのスタイルが、アメリカの

アイビーの影響下にあったことを知る人は意外と少ない。

1920年代にイギリスのポロ選手のユニフォームをヒントに、ブルックス ブラザーズが開発したボタンダウンシャツは、1950年代にアイビーファッションの象徴的アイテムとして大ブレイクする。
アイビースタイルはフランスではフレンチアイビー、イギリスではモッズと形を変えながら若者の間へ広まり、彼らにとってボタンダウンシャツは欠かせないアイテムとなった。

一方のポロシャツもその名の通り、ポロ競技から生まれた……と思いきや、実はそうではない。ポロシャツの元祖は、名テニスプレイヤーのルネ・ラコステが1930年代に開発した襟付きニットシャツだ。
機能性に優れ、あらゆるスポーツに使える万能ウェアだったため、その後、ポロ競技のユニフォームにも採用された。本来であればテニスシャツと呼ぶべきものなのに、"ポロシャツ"と呼んで浸透させたのは、日本人だったとの説もあるようだ。

僕の好きなライン入りポロシャツは、フレッドペリーが1957年に発売した「M12」という型番が元祖。既製品のスポーツウェアをオシャレに活用したモッズの一派"ローギア"の若者が好み、そこから発展したハードモッズ、スキンヘッズへと受け継がれたアイテムだ。

僕は今後もボタンダウンとライン入りポロシャツばかり着ていこうと思っている。
いずれも若者のストリートスタイルから発生したファッションだが、グリズリー世代、またもっと高齢の人が着ても違和感なく、スマートに決まる優秀なシャツなのだ。

Brothel Creepers

ラバーソール〜発売から70年が経過した現在も、最先端の雰囲気を保つ不思議な靴

date : 2019.5.16

中高生時代、パンクを中心とするUKストリートカルチャーにどっぷりハマった僕には、憧れシューズがふたつあった。ひとつはドクターマーチンのブーツ、そしてもうひとつはラバーソール（正式名称＝ブローセルクリーパーズ）だ。

学生時代に初めてモンクストラップのラバーソールを買った。当時、日本に正規輸入されていた唯一のラバーソール、イギリス・キングスロードの"ロボット"というブティックのものだ。これは今でいう別注品で、靴自体はイギリスの老舗シューズメーカー、ジョージコックス製だった。

そのラバーソールは何年も履き続け、最後はボロボロになったので捨てたが、30代前半で2足目のラバーソールを買った。ロボットはすでに閉店していたので、今度はブランド表記からジョージコックスのものだった。つま先が尖った大人っぽい型番「3705」を選んだ。1949年にジョージコックスが発表した、ラバーソールの原点に近いモデルだ。

僕が人生2足目のラバーソールを買ったのは、結婚式が理由だった

その時期にラバーソールを買ったのは、間近に自分の結婚式を控えていたからだった。僕は小柄な男だが、妻となる女性は比較的大きく、互いの身長差は2センチしかなかった。つまりハイヒールを履くと抜かされてしまうのだ。

別にそれでもいいじゃんと思ったが、妻の方がイヤそうだったので、レンタル礼服で正装する結婚式はシークレットシューズ的なものを履いて凌いだ。

その後のパーティで妻はドレスにハイヒール、僕はギャルソンで買ったちょっとアバンギャルドなスーツを着たが、合わせる靴に迷いはなかった。

ラバーソールでしょ！

ラバーソールはその見た目から想像できるように、異様に重たい。年中履いていると、変なところの筋肉が発達するほどだ。でも履き慣れると、振り子のような歩行法が身につき、普通の靴よりもむしろ疲れにくかったりする。

いろいろな意味で特殊な靴だが、ラバソー履きにとっては、マイナス面も含めて愛おしいもの。好きな人には思い切り愛される靴なのだ。

世に出てからすでに70年も経つが、いまだに最先端のとんがった雰囲気を保っているのもラバーソールの不思議のひとつだ。

FASHION #010

Ankle Socks

ショートソックスは
靴下の歴史を塗り替えるほどのイノベーションだった

date : 2019.6.12

高校生の頃、マンガの登場人物もファッションの参考にしていた。よくチェックしていたのは、『バタアシ金魚』の花井薫、『風呂上がりの夜空に』の松井辰吉、そして『TO-Y』の藤井冬威の服装だ。特にトーイの着こなしはかっこよかった。パンクバンド出身のミュージシャンながら、パンクファッションではなく、シンプルな服装が多かったトーイ。

あるとき、トーイの靴の履き方を研究していて気がついた。白のキャンバスデッキシューズを、いつも素足で履いているのだ。
こりゃかっこいいなと思った僕は、さっそくその日から、真似することにした。

結果は想像の通りです。
最初はそのニオイの発生源がわからず、「なんだかくさいぞ？　誰だ？」と訝しんだ。でもすぐにそれは自分の足であり、原因は靴下なしでスニーカーを履いていたことだと気づいた。
「なんだよ、素足スニーカーって無理じゃん。トーイめ！」と恨みつつ、急いでスニーカーをじゃぶじゃぶ洗い、そののちはまたきちんと靴下を履くようにした。

スニーカーブームとともに
現れたショートソックス。
おすすめは国内大手SPAブランド

それから数年後、1990年代のスニーカーブームの頃になると、短パンに素足でスニーカーを履くスタイルが流行りはじめた。
「おやおや、くさくなるのも知らないで……」と冷ややかな目で眺めていた僕は、その頃、日本のメーカーによってある靴下が開発されていたことを知らなかった。そう、ショートソックス（アンクルソックスやインソックス、スニーカーソックスとも）だ。その靴下を初めて見たとき、僕はかなり興奮した。

今は完全にメジャーな存在なので説明するまでもないだろうが、靴の中に隠れるほど短く、裸足のように見えるショートソックスのおかげで、"裸足スニーカー悪臭問題"は完全に解決した。これ、ものすごくイノベーティブなことだと思う。

基本的に、見えないように履くものなのでブランドにこだわる必要はないように思えるが、僕が買うのは大手のスポーツメーカーかユニクロ、無印良品などのものと決めている。なぜなら、つくりが優秀だから。

ショートソックスは単純なようで、なかなか難しいアイテムだ。適当なものを買うと、歩いているうちに靴の中でかかとが

脱げてきて、実に気持ち悪い。

その点、大手スポーツメーカーや国内大手SPAブランドのものは、かかとの内側にゴムを仕込んでいたり絶妙の角度をつけていたりと、よく考えられていて安心だ。

靴下界の常識を打ち破ったショートソックスの開発者に、改めて敬意を表したいと思います。

ついに究極のサンダルを見つけてしまった。
Dannerのリカバリーサンダル、「ミズグモ フリップ」である。
ここ1ヵ月ずっと履いていて、もはやこれなしの生活はできなくなっている。
「水の上に立っているかのような快適性を体感できる新感覚」という謳い文句だけあって、その履き心地たるやサンダルの固定観念を覆すほどだ。

数年前から徐々に注目されつつあったリカバリーサンダルに興味は持っていた。でも、もっと前からあった"シャワーサンダル"や"マッサージサンダル"と呼ばれる、アフタースポーツ用サンダルとの違いがわからず、なんとなく乗り遅れていた。

しかし履いてみたら一瞬ではっきりわかった。
従来のサンダルと比べてクッション性がはるかに

優れ、どんなスニーカーよりも、また裸足でいるよりもずっと快適なのだ。
「ミズグモ フリップ」はアウトドアブーツで知られるDannerが開発したものなので、トレッキング後の疲れた足を回復させる目的のサンダル。でも僕は山なんか全然登らないけど、あまりに気持ちいいので年がら年中履くようになってしまった。

サンダル履きは
アンチファッションの
ストリートスタイルだった

僕がサンダル履きにこだわるのにはちょっとした理由がある。ストリートスタイルにおけるサンダルは、実は長い歴史と深い意味があるのだ。

いつもサンダル履きの人といえば、古くは『男は

Recovery Sandals

もしかしたら、

過去イチのサンダルを

見つけてしまったかもしれないという話

date : 2019.7.9

『つらいよ』の寅さん（雪駄だけど）、『こち亀』の両さん（便所サンダルだけど）、Facebookのマーク・ザッカーバーグ（アディダスのスポーツサンダル）など、憎めないアンチヒーローが思い浮かぶ。

歴史をひもとくと、サンダルを日常のワードローブとしたのは、1950年代中頃のアメリカ・ニューヨークのグリニッチビレッジやカリフォルニアのバークレーに集った、ビートジェネレーションの若者が最初だったと言われている。

ジャック・ケルアック、アレン・ギンズバーグ、ウィリアム・バロウズといった文学者が先導したビートは、薄汚れた現代社会を否定し、アメリカ開拓時代の純粋なフロンティアスピリッツに回帰することを根本理念とする思想だった。
彼らは伝統への軽蔑と離脱を表現するため、ファッションに対してはあえて無関心・無頓着を装う。そして自由であることの表現として屋外を裸

足で歩くことを好み、サンダル履きの者が多かった。ビートの思想はその後の1960年代に花開くヒッピーに受け継がれたため、彼らもまたサンダルを愛した。

このあたり、かなりかいつまんで説明しているので、詳しく知りたい方は拙著『ストリート・トラッド』をぜひご購読ください。

寅さんや両さん、そしてFacebookもまたビートやヒッピーの思想につながっているのでは？　という説を展開するに、このコラムのスペースはあまりに小さすぎる。
とにかく一言で言えば、サンダルとはFREEDOM！なのである。

裸足よりも快適なリカバリーサンダル。
心も体も解放された気分になるから、騙されたと思って一度履いてみることを強くおすすめしたい。

Paracord

パラコードブレス～
身につけて安心な手づくりサバイバルアクセ

date : 2019.7.17

小学生の頃、「女子って放課後、何をしているんだろう?」と不思議に思っていた。男子は野球をしたり、ザリガニや魚を釣ったり、カブトムシやクワガタを探したり、駄菓子屋に行ったり、友達の家でマンガを読んだりゲームをしたりと忙しかったけど、女子の行動は常に謎であり、神秘だった。

でも小学生女子の親になった今、観察していると大したことをしていないのがよくわかる。テニスの真似事をしたり、一輪車に乗ったり、逆立ちや側転の練習をしたり、犬をいじったり、ゲームをしたり、ピアノを弾いたり、ダンボールで秘密基地をつくったり、スライムをつくったり、ミサンガを編んだり。
まったく神秘的じゃない。

特にうちの子はスライムとミサンガづくりに異常な情熱を傾けている。家には、いつ何に使うのかわからない大量のスライムがある。そして僕の左腕と飼い犬の首には、それぞれ2本ずつ手づくりミサンガが結びつけられているのだ。

子供がミサンガを編んでいるのを見ていると、自分もちょっと何かつくりたくなってきた。でも50がらみのおっさんがミサンガを編むわけにはいかねえ。もっと何か、男らしくてかっこいいものはないかなと考え、いいことを思いついた。
パラコードだ。

パラコードとは"パラシュートコード"の略で、第二次世界大戦中にパラシュートのラインとして開発されて以降、軍用のみならずアウトドアやファッションシーンで幅広く使用されている、耐久性の高いナイロンひものこと。
キャンプや登山のときに使うのが本来の用途に近いけど、パラコードの注目すべき点は、結んだり編んだりして様々な小物やアクセサリーをつくれること。
もともと軍用アイテムだから、これでつくったアイテムは無骨でかっこいいのだ。

よく見られるのはウォレットコードやキーホルダー、犬の首輪、リードなど。時計のバンドやちょっとしたポーチ、サバゲーマニアは銃をぶら下げるためのスリングをつくったりもする。

映画を真似してつくったブレスは、
常に身につけておきたいほど
かっこよかった

パラコードで編んだ小物は、サバイバルグッズであるという側面も持っている。力を込めてぎゅっと固く編みこむのでコンパクトになるが、一本のひもを切らずに編み上げているから、いざというときには数メートルの長さに戻すことができる。
「ヤバい、ひもがない! ひもさえあれば命が助かるのに! 誰かひもを!」という日常のよくあるシーンで、たいへん役に立つのだ。

さっそくアマゾンでパラコードを買った僕は、

ブレスレットをつくることにした。2015年に公開されたオーストラリア・アメリカの合作映画『マッドマックス　怒りのデス・ロード』でトム・ハーディ演じる主人公のマックスが腕につけていたブレスがお手本だ。

27年ぶりに制作されたシリーズ第4作である『マッドマックス　怒りのデス・ロード』はいい映画だった。これまでのシリーズと同様、前半10分で基本設定と世界観さえ理解すれば、あとはただひたすらド派手なカーアクションとバトルシーンを楽しめばいいという単純さは、ちょっと頭が疲れているとき観るのにちょうどいい。
相変わらずバカバカしいほどおどろおどろしい、登場人物の世紀末ファッションもよかった。

もともと1979年に第1作が公開された『マッドマックス』は、ストリートスタイルとゆかりの深い映画。登場する悪役の露悪趣味的な衣装を、1980年代のハードコアパンクスや

メタルヘッズ（ヘヴィメタルファン）が、ファッションの参考にしたといわれている。

そんな伝説的映画の続編に登場するパラコードのサバイバルブレス、真似するしかないでしょ！
ネットの動画などを参考に、チマチマとつくってみた。つくり方は非常に簡単で、10分足らずで完成した。

あいている右腕につけてみる。う〜ん、かっこいい。

いざとなったら280キロの負荷に耐える、約3メートルのタフなひもに戻すことができるのだと考えただけでゾクゾクする。
いつも身につけておけば、いつかきっと役に立つはずだ。
たとえば核戦争で荒廃してしまった世界で生き延びるときなんかに。

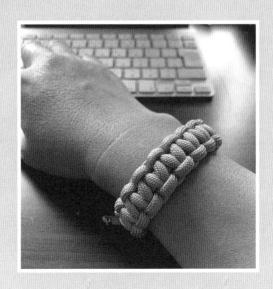

John Smedley

大人の男が必ずオシャレになれる "100年ブランド"。中でも別格はジョン スメドレーなのだ

date : 2019.8.28

アラフォー〜アラフィフのグリズリー世代男は、トレンドに超敏感でどちらかというとラグジュアリー系ブランドを好むごく一部の人たちと、服なんてどうでもいいと思っている大半の人たちに分かれる。
僕は我が道をいくストリート派だが、ときどき友人から「俺らの歳だと、どんなブランドを着ればいいかな?」と、非常にざっくりした相談をされることがある。

自身が影響を受けたカルチャー(主に音楽)にひもづいたブランドや着こなしが好きな僕に、一般的なアドバイスはあまりないのだが、ひとつだけ多くの人に共通して言えることがある。
それは「100年以上続いているブランドを選べば、間違いなくオシャレだよ」というもの。

そんな老舗ブランドって、高級なとこばっかでしょ? と思われるかもしれないが、カジュアル系でも一世紀以上続くブランドはたくさんある。
有名どころではリーバイス、リー、ラングラー、カーハート、セントジェームス、コンバース、ビルケンシュトック、エーグル、クラークス……。ほかにもまだまだいっぱい。

きわめつきはジョン スメドレーだ。
なんてったって、今年(執筆時の2019年現在)で創業235年なのだから。

特急でオシャレになりたかったら、選ぶべきは超老舗ブランド

1784年、イングランドのリーミルズという小さな町に設立されたジョン スメドレー。
当初は綿花の紡績とモスリン(薄手の生地)づくりに専念していたが、18世紀の終わり頃から毛織物や靴下製造へと事業拡大し、徐々に本格的ニットメーカーへと成長していく。
編み目が非常に細かい超軽量ニット素材は、ニュージーランド・メリノウールとシーアイランドコットン(海島綿)の組み合わせでできている。

厳選された素材からつくられる、きめ細かな美しい編み目を持つニットウェアは、21世紀の現在もなお、世界最高峰クオリティとの呼び声高く、35カ国以上で展開され、セレブの愛用者も多い。
一口にニットウェアといっても、冬場はカーディガンやセーター、夏場はポロシャツやTシャツなどラインナップは多岐にわたり、四季を通じて着ることができるジョン スメドレー。

迷ったら超老舗ブランドを選ぶこと。
中でも、アパレルブランドとしては世界最古参級のジョン スメドレーは絶対に間違いない。
とりあえず特急でオシャレになりたい向きには、全力でおすすめできるブランドなのだ。

JOHN SMEDLEY
MADE IN ENGLAND
M

Track Jacket

トラックジャケットは、
サブカル派オヤジ向きのかっこいいストリートアイテムだ

date : 2019.9.11

ちょっと涼風が吹くようになると、ネルシャツとともに僕がまずクローゼットから引っ張り出すのがトラックジャケットだ。

トラックジャケット……。
なんだかすごくかっこいい響きだが、要するにジャージである。
先輩方よ、そしてご同輩よ、知ってましたか？
最近はジャージと呼ばないんですよ。
トラックジャケット、上下揃いの場合はトラックスーツである。

そんなのちゃんちゃらおかしい、ジャージはジャージだろ！ と思うかもしれない。その気持ちはすごくよくわかる。
でも、ジャージ→トラックスーツの呼び名チェンジについて、僕はそんなにおかしいとは思っていない。

だって正確に言えば、ジャージというのは素材名なんだから。
元来スポーツ用の服なので、運動場を指す「トラック」という言葉が入った呼び名の方がふさわしいのだ。
ジャージと呼んだのは日本だけで、欧米では昔からトラックスーツだったわけだし。

だいたい、素材名をそのまま服の呼び名にするのはおかしい……。
……いや、待てよ。じゃあなんで、「Gパン」は「デニム」と呼ばれるようになったんだ？
この話、突っ込んでいくとややこしいので、とりあえずここで終了します。

ジャー……、いやトラックスーツはイモくさくない！ 由緒正しいサブカルウェアなのだ

本来はトレーニング用ウェアであるジャー……、いやトラックスーツは、イモくさい中学生やおじいさんのための服ではなく、昔から若者のストリートスタイルと縁が深かった。

最初にオシャレに取り入れたのは、1970年代後半にイギリス・マンチェスターに登場したペ

リーボーイズと呼ばれる集団。
スキンヘッズやノーザンソウルの流れを汲み、サッカーを愛するワーキングクラス集団だったペリーボーイズは、乱暴者のフーリガンとして認識されていたスキンヘッズスタイルではなく、こざっぱりしたヨーロッパのスポーツウェアに身を包んでサッカースタジアムに集結した。
その最も象徴的なアイテムがトラックスーツだったのである。

ペリーボーイズの風俗は、1980年代にはリヴァプールやロンドンにも広がり、やがて彼らはまとめてカジュアルズと呼ばれるようになる。カジュアルズの正装もやはりトラックスーツだ。
そして1980年代後半のマッドチェスター、1990年代のブリットポップ、そして今世紀に入ってから世間を賑わしたストリートギャング集団のチャヴもまた、トラックスーツを着こなした。

彼らのお気に入りは、フィラやセルジオ・タッキーニ、ルコックスポルティフ、エレッセ、アンブロ、そしてフレッドペリーなどの英仏伊系ブランドである。

その流れとは別に、アメリカでは1980年代中頃、ヒップホップスタイルにトラックスーツが取り入れられていく。
有名なのは上下アディダスのジャー……、いやトラックスーツに身を包んだランDMC。いい歳のおじさんであれば、その姿は心に強く刻まれているだろう。

そんなこんなで僕は、ストリートの香りが強く漂うトラックジャケットが好きだ。
モッズ、スキンヘッズからの正統派ブリティッシュストリートカルチャー支持者なので、フレッドペリーのものを愛用している。

昨今はずっとアスレジャースタイルがトレンドであり、上記のようなうんちくを知らない若い世代もよくトラックスーツを着ている。
若いパリピ系の子たちの間では、アディダスの三本線パンツを穿くスタイルが浸透して久しい。
だけど、あれはちょっと真似できない。
間違いなく本物のイモオヤジになりそうで怖いのだ。

Rider's Jacket

ライダースジャケットは、
うかつに着てはいけない非常に面倒くさい服である

date : 2019.9.12

ライダースジャケットは現在、とても人気が高い。4〜5年前からはじまったトレンドは意外と強固で息長く、今シーズン以降もまだ続きそうだ。

でもはっきり言わせていただくと、ライダースにうかつに手を出してはいけない。

僕は街で若い子が、適当なライダースをチャラチャラ着ているのを見るたびに「勇気あるなー」と思う。なぜならライダースは、マニアがたくさんいるやっかいな服だからだ。

男の服マニアは面倒くさい。もう一回言う。マジ面倒くさい。

うっかりライダースを着て街を歩けば、知らず知らずのうちに一日でおそらく10人以上のマニアから、「どこのメーカーだろう」「型番は何だ」「年代はどのくらいだ」「中古価格はこのくらいだな」と、ねっとりした視線で値踏みされているのだ。

これ、ホント。

僕はマニアではないけれど、街でライダースを着ている人を見かけると、ついそれに近い目で見ている自分に気づく。

だから、ライダースをうっかり着てはいけないのだ。いい歳の大人の男なら特に。

ちょっと軽く、ライダースジャケットの歴史をおさらいしてみよう。

本来はバイク用ウェアであったライダースジャケットが、ストリートファッションとして認知されたのは1940年代終わり頃のこと。

アメリカの南カリフォルニアに登場したバイク集団のバイカーズが日常的に着るようになり、その流行はすぐにイギリスに飛び火。1950年代にはロッカーズというイギリス版のライダース暴走集団も生まれた。

GUCCI

1960年代にはロックスターやハリウッドセレブ、さらにアンディ・ウォーホルなどのアーティストの間でも流行。

1970年代のハードロックおよびパンクのムーブメントでは、人気ミュージシャンがこぞって着るようになり、ロック系のファッションアイテムとして完全に定着した。

裾にフロント留めのベルトが付いたアメリカ仕様のライダースは、通称「アメジャン」と呼ばれる。代表ブランドはショットだ。

腰の両サイドにアジャスターベルトが2本ずつ付いたイギリス仕様のライダースは、ロンドンジャンパー略して「ロンジャン」と呼ばれる。代表ブランドはルイスレザーズである。

着る人を選ぶ
ライダースジャケットだけど、
軽く羽織れるものもある

トレンドはどうでもいいが、僕はパンク好きだからもともとライダースに強い興味があった。ラモーンズよろしく、ショットの定番アメジャンも当然のごとく所有している。

でもあんまり着ない。まあ、似合わないのだ。

ライダースは背が高くてスマートで、キリリとワイルドな顔つきの男前が似合う服なのだけど、残念ながら僕はそのいずれにも該当しないのである。

それでも無理やり、年に何回かはショットを着る。本当はイギリスのルイスレザーズもめちゃくちゃ欲しいけど、ショットを身につけた姿を鏡で見るたび、「それは無駄遣いだな」と気づかされる。

やっぱりライダースは難しいのだよ。

でも"ライダース欲"には抗えない。

そんな僕はもう一着、比較的着やすいライダースを持っている。

グッチのシングルライダースだ。

お前は"ストリート派"なんだろ？　高級メゾンくそくらえじゃないのか？　金もないくせに偉そうに！　と思われるかもしれない。

でもこのグッチさん、15年ほど前になぜか忍び込めたファミリーセールにて、驚くほどの割引率でゲットしたものなので、どうか許してほしい。

って、誰に弁明しているんだろう。

このグッチライダース、色はネイビーでどんな服にも合わせやすく、薄くて非常に滑らかな革なので着心地も抜群。

ライダースでありながら、全然ゴツい雰囲気ではないから、自分でもなんとか着こなせるのだ。

秋のはじめ頃、さらっと軽い雰囲気で羽織るのにちょうどいいのです。

邪道だけどね。

Levi's
Sta-Prest

いつの間にか復活していた
リーバイス・スタプレストを今さら入手に走った話

date : 2019.9.17

うっかりしていた。

スタプレスト（正式名称「ステイ・プレスト」、通称「スタプレ」）が復活していたとは……。

スタプレというのは、リーバイスが1964年に発売したウールトラウザー。

アイロンをかけなくてもシワにならず、センタープレスの折り目が常にキープされるのが特長の、大人も胸を張って穿けるキレイめ系パンツである。

1960年代のモッズやスキンヘッズの愛用品なので、そっち系カルチャーが大好きな僕にとっては、強い思い入れがあるアイテムなのだ。

でもスタプレは、モッズやスキンヘッズ専用ではない。

アイビー系の人にも支持されたし、そのほかあらゆるジャンルの人から幅広く愛用された。

そこらへんは、同じリーバイスの501なんかに相通ずるものがある。

ところでリーバイスというブランドは気まぐれなのか、突然生産を中止したり復活したり、またまったく見かけなくなったりと、スタプレの供給は極めて不安定。

セレクトショップなどで普通に売っていた1990年代後半〜2000年代、僕はよく買って穿いていたのだが、ここ10年ほどはとんと見られなくなっていた。

本格的に生産終了してしまったかと残念に思いつつ、ほかのブランドのよく似た商品などを使ってお茶を濁していた。

ところが、また復活していたのだ。
しかも去年（2018年）。
僕はうかつにも見過ごしていた。

今回の復活では、「502」という昔ながらの自然なテーパードシルエットタイプに加え、「517」という今っぽいワイドシルエットもリリースされ

ていた。
なかなかやりますね。リーバイスさん。

1960年代
オリジナルスキンズ風を気取るなら、くるぶし2センチ上まで丈を詰めるべし

遅ればせながら復活に気づいた僕は、すぐに入手すべく都内のリーバイスショップへ走った。ところが売っていないのです。

ライトオンも3軒ほど回ってみたが、ワイドシルエットの「517」は置いてあるものの、僕が欲しい「502」はどこにもない。

しまった、手遅れだったか！
でもネットがある！　便利な時代でよかった！

本当は、パンツは店頭できちんと試着してから買う主義だ。

日々刻々と変化するウェストサイズが心配だからだが、この際、背に腹はかえられぬ。

宅配便で届いたスタプレのウェストサイズはぴったりだった。よかった。

でも、返す刀ですぐに近所のお直し屋さんへ持っていく。

丈を詰めてもらうのだ。

僕はスタプレを1960年代のオリジナルスキンズ風に穿きたいので、丈は思い切り短めに、くるぶしより2センチくらい上まで詰めることにしている。

当時のスキンズは、自慢のドクターマーチンブーツが目立つよう、パンツ丈をそのくらいまで上げていたのだ。

出来上がったスタプレに、さっそくマーチンを合わせてみると……。

やっぱり実にいいと思います。
早くこれ穿いて出かけたいな！

Brogue Shoes

秋になると履きたくなる
ブラウンレザーのウィングチップシューズ

date : 2019.9.30

秋になると履きたくなるのが、オーセンティックなたたずまいを持つブラウンレザーのウィングチップシューズだ。

ウィングチップシューズはもともと、イギリスのカントリージェントルマンのためのアウトドア用シューズだった。
メダリオンと呼ばれる穴はただの飾りではなく、湿地などを歩いて濡れた靴が乾きやすいようにという目的で施された通気穴なのだ。
長い歴史の中で徐々にフォーマルの部類に組み込まれるようになり、現代の日本ではビジネスマン用シューズ的な扱いを受けることが多い。
でも僕は、ルーツを尊重してカジュアルスタイルに合わせた方が断然かっこいいと思うのだ。

僕のお気に入りはオールデンのウィングチップ。
一口にウィングチップといっても、ヨーロッパのものとアメリカのものでは飾りの付け方が異なる。
オールデンはアメリカのブランドなので、つま先からはじまった飾りが直線的にかかとまで伸びる仕様。
これはアメリカンブローグ、あるいはロングウィングチップと呼ばれる。
ちなみにイギリスを中心とするヨーロッパのウィングチップは線状の飾りがかかとまで伸びず、半分くらいのところでソールに向かって曲がっていく。

僕のオールデンは以前ハワイに行ったとき、レザーソウルというホノルルの有名靴店で購入したもの。
型番で調べてみると、レザーソウルの別注品のようだ。

手入れしながら一生使いたい
オールデンのウィングチップシューズ

オールデンといえば木型 (ラスト) にこだわるブランドとして有名で、長年の研究によって全13型を開発、保有している。

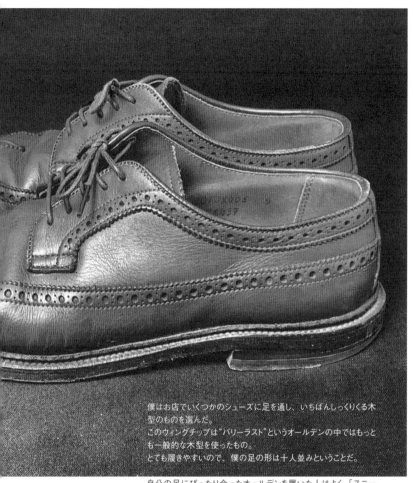

僕はお店でいくつかのシューズに足を通し、いちばんしっくりくる木型のものを選んだ。
このウィングチップは"バリーラスト"というオールデンの中ではもっとも一般的な木型を使ったもの。
とても履きやすいので、僕の足の形は十人並みということだ。

自分の足にぴったり合ったオールデンを履いた人はよく、「スニーカーより履き心地がよい」と言う。
アメリカンスタイルの服と一緒で、オールデンはイギリス製の靴などと比べると、ややゆったりとしたつくりをしている。
それが、快適な履き心地につながっているのだと思う。

僕のオールデンは買ってから10年経っているので、革に少しシミが出てきたしソールのコバも傷んでいる。
ソールは一度付け直してもらっているが、そろそろまた修理に出すタイミングだ。
そもそもカジュアル使いだからそんなに丁寧には扱っていないのだが、こうやって最低限の手を入れながら大事に一生履き続けよう。
僕にとってはそれだけの値打ちがある靴なのだ。

Monkey Jacket

スポーツテイストのモンキージャケットは、カルチャー派にもおすすめ

ボタンダウンシャツが好きだけど、テーラードジャケットと合わせるとちょっとカッチリしすぎ。
特に休日はもう少しカジュアルダウンした感じで着たいんだけど……。
そんな風に迷っているあなたにご紹介したいのが、モンキージャケットだ。

モンキージャケットというのは、襟、袖口、裾にリブが付いたやや薄手のブルゾンのこと。
MA-1やスタジャンに似た、ブルゾンの原型のような形の服である。

モンキージャケットはかつて、モッズやスキンヘッズの愛用品だった。
1960年代のモッズの間でカリスマ的な人気があったバンド、スモール・フェイセスのギタリスト、スティーヴ・マリオットや、ザ・フーのドラマーであるキース・ムーンも着ていたし、1970年代末にはザ・ジャムのフロントマン、ポール・ウェラーが愛用していたことも知られている。
僕と同様にそのあたりのバンドやカルチャーが好きな人には、より強くおすすめしたい。

ショート丈ブルゾンは選択を誤るとオヤジ臭がきつくなる危険なアイテム

僕はだいぶ前に買ったフロントボタンのイヴ・サンローランのものと、ブランドはよくわからないけど、ポール・ウェラーが着ていたものとまったく同色・同ディテールでコピーされたモンキージャケットを持っている。
着丈が短くシンプルなモンキージャケットは、ボタンダウンシャツやセンタープレスのキレイめパンツと非常に好相性の服だ。

大人が着られるオーセンティックなブルゾンとしてはほかにも、マクレガーのドリズラージャケットやバラクータのG9などが有名だが、これらはちょっと着こなしが難しい。
どこか昭和の作業着感が強く、若い子がはずしアイテムとして着るのならいいかもしれないが、本当のおじさんが着るとオヤジ臭がきつくなりすぎる。
高倉健や田中邦衛のような感じというか……。
アスレジャースタイルがトレンドの現在、モンキージャケットの方が断然オシャレだと思うのだ。

Mohair
Jumper

モヘアのボーダーニットを着て、
ハロウィンの街に繰り出すのだ！

date : 2019.10.23

世間のトレンドとは無関係に、昔好きだったストリートスタイルが自分の中で周期的にリバイバルする。
ざっくり編みのモヘアニットを買ったのは、そのときなぜか、往年のロンドンパンクやグランジがマイブームだったからだ。

ぜんぜん流行っていないモヘアニットを実店舗で見つけるのは難しかった。
パンクショップに行けばあるのはわかっていたが、コテコテのパンク風ではなく、もう少しだけ普通に着られるものが欲しかったのでネットで検索。
するとちょうどいい感じのものが見つかり、注文した。

届いたブツにさっそく袖を通し、鏡の前に立ってみると。
あれ？　う〜ん……。
やっぱ通販って難しいね。

ジョニー・ロットンでもないし、キャプテン・センシブルでもないし、もちろんカート・コバーンでもない。
なんか違う、ぜんぜん違う。
でも、なんだか見覚えのある人が立っていた。
あれだ！　フレディ・クルーガーだ。

ロックファッションではなく
ホラー映画ファッション
だったけど仮装用として◎

あまり認めたくはないが、歳とともに感受性はどんどん鈍っていく。
50歳でも新しい音楽を聴いたり未知の話が書いてある本を読んだりすると、心はそれなりに揺さぶられるが、十代の頃のような大きな驚きや感動はもう得られない。

新作・旧作合わせて映画をどんどん観るし、いい作品に出合うとそれなりの喜びを感じるが、深く心に刻まれてはいない。
Netflixで再生して30分ほど経った頃、「あれ？　わりと最近観たやつだな」と気づくこともある。

若い頃、なけなしの小遣いでチケットを買って観た映画は、どんなものでも本当に克明に覚えている。
1986年、高2のときに友達と新宿の映画館で観た『エルム街の悪夢』はそんな青春的思い出映画のひとつだ。

夢の中に出現し、右手の革手袋につけた長い鉄のかぎ爪で人を切り裂きまくる殺人鬼・フレディ。
赤く焼けただれた顔と、エンジ×モスグリーンのボーダーニットがトレードマークだ。

色合いはちょっと違うが、買ったモヘアニットを着ると、かっこいいロックスターではなく、どうしてもフレディを思い出してしまう。
困ったもんだと思ってワンシーズン寝かしたけど、せっかくなのでもう少ししたら稼働させようと思っている。

黒い中折れ帽と黒いパンツ、それに黒いブーツを合わせ、気持ち悪いマスクをかぶってなりきるのだ。
「今年はクッキーモンスターのコスチュームにする！」と張り切っている娘と連れ立って、ハロウィンの夜の街に繰り出そう。

Grey Hoodie

秋冬物でいちばん有能な服は、グレーの無地スウェットパーカである

date : 2019.11.13

便利な着回しアイテムとして、秋冬に大活躍するのがグレー無地スウェットパーカだ。
グレーはほかのどんな色とも合わせやすいし、フードを外に出すように重ね着すれば、テーラードジャケットから革ジャンまで、適度にカジュアルダウンされた好コーディネートになる。

僕は4着のグレーパーカを持っている。

まだ寒さが厳しくなる前の初秋に使うのは、アメリカのTHREADS 4 THOUGHTというブランドの薄手オーガニックコットンもの。
軽く肌触りがいいし、前ジップ仕様はいちばん外側のアウターとして使うのに向いている。
もう少し涼しくなったら、H&Mの少し厚手のものに切り替える。
グレーパーカは白Tシャツと同様、デザイン性が前

面に出ない無記名的なものの方が着回ししやすい。その点において、H&Mのシンプルパーカはなかなか優秀だ。

少し硬めのゴワついた生地で、首元がボタン開き、裾リブなしというちょっとユニークなパーカは、アメリカのバーバリアン社製。1981年に創業したここは、ラグビーウェアの製造を主軸にするスポーツブランドだ。
RWC2019が終わってしまった今も熱が冷めない僕は、これを着て冬の大学ラグビーでも観戦しにいこうかと思っている。

スウェットパーカの最高峰は、チャンピオンの12オンスリバースウィーブである

そしてグレー無地スウェットパーカの最高峰で、僕も長年愛用しているのがチャンピオンのリバース

ウィーブ。
その名はチャンピオンの専売特許であるスウェットの縫製方法に由来している。

綿製品であるスウェットは通常、洗濯と乾燥を繰り返すうちにどうしても縮んでしまう。
リバースウィーブは、普通は縦に使うスウェット素材をあえて横にすることで、縮みを抑えることに成功。チャンピオンはこの製法の特許を1934年に取得している。
さらに身頃の両脇に縦リブを使用することで、より縮みにくく着こんでも型崩れしない完璧なスウェットを完成させ、1952年に二個目の特許を取得。

そんな歴史の長いリバースウィーブは、人呼んで"キング・オブ・スウェット"。
ストリートウェア界における名品中の名品なのだ。
特に、ぽってりとした厚みのある12オンス生地のリバースウィーブを着ると、首の後ろにフード部分がモコモコと立って見える。
それがかっこいいのだよね。

僕がリバースウィーブ好きになったのは、1980年代にUSハードコアのサブジャンルであるストレートエッジや、ストレートエッジ第二世代であるユースクルーのキッズが愛用していたから。
だからリバースウィーブは、ゴリラ・ビスケッツのようにラフに着こなしたい。

ほとんどの人にとってはなんのこっちゃ？　という話で、完全に自己満足だろうけど、いいんです。
ストリートスタイルっちゅうのは、そもそもそういうものですから。

FASHION #021

Nerd
Fashion

ナード系とファッション系が融合した渋谷パルコを訪ねたら、なぜかウディ・アレンを思い出した

date : 2019.12.2

ウディ・アレンが監督・主演を務めた1977年の名作映画『アニー・ホール』。

若き日のダイアン・キートン演じるヒロインの、可愛いマニッシュスタイルが世界的に注目された映画だが、メンズスタイルの方も忘れてはならない。

主人公のコメディアン、アルビー・シンガーは冴えない雰囲気のニューヨーカー。ウディ・アレンはこの役を演じるというよりも、素のままでスクリーンに登場しているように見える。

ウディ・アレンといえば、若い頃から老境に至った最近まで、一貫性のあるスタイルで知られる。

ゆったりめのコーデュロイパンツかチノパンに、チェックあるいは無地のカジュアルシャツをタックイン。ノーネクタイの首元には、下に着たクルーネックのTシャツが少しのぞく。

茶系かグレーのツイードジャケットを羽織り、無難なベルトと革靴。そして黒縁のボストンメガネだ。寒い季節にはシャツとジャケットの間に、これまた無難な雰囲気のクルーネックセーターを着ていることもある。

ウディ・アレンのファッションは、"ダサおしゃれ"と評されることも多いが、僕はこれこそメンズスタイルの究極ではないかと思う。

仕事柄、いろんなファッショニスタを見てきたが、本当のオシャレを知る人はごくオーソドックスなスタイルに落ち着き、見ようによっては少しダサい雰囲気になるものなのだ。

その最高峰がウディ・アレンだ。

ナード、ギーク、オタク、ビル・ゲイツ。そしてたどり着いたエルボーパッチ付きジャケット

話は突然変わるのだけれども、新装オープンしたばかりの渋谷パルコに行ってきた。

ネット上で多くの人がレポートをしているので詳しくはそちらを見ていただければと思うが、際立っているのはいわゆるオタク系カルチャーとファッション系カルチャーが同居した館であるという点。

少し前から両者の接近・融合は指摘されていた。綿密なマーケティングをおこなった上でつくったであろう新しいパルコは、そうした現在の東京カルチャーを象徴している。

特定分野への知識が豊富で偏執的志向性を持つ人たちは、英語ではナードあるいはギーク、日本ではオタクと表現される。ナード、ギーク、オタクは少しずつニュアンスが異なり、それぞれの中でもジャンルは細分化されるが、そこを追いはじめたらキリがない。

ざっくりと"ナード系"と呼ぶとして、かつてはダサくて気持ち悪い人種とされていた彼らが日の当たる場所に出てきたのは、1990年代中頃から2000年代初頭にかけて急速に進展したIT革命の時代だ。

スティーブ・ジョブズが代表格と思われるかもしれないが、彼はヒッピーあがりの思想家なので、純粋なナード系とは少し違う。純ナード系の代表選手は、マイクロソフトのビル・ゲイツ。ビル・ゲイツの活躍のおかげで、それまでナード系に押されていた社会不適合者という烙印は過去のものとなり、広く社会に受け入れられる存在となった。

そしてビル・ゲイツよりももっと前に、ナード系こそ究極のオシャレだと体現していた偉人が、ほかならぬウディ・アレンなのだ。

渋谷パルコを訪ねたおかげでこんなことをつらつらと考えつつ、なんとなく『アニー・ホール』のウディ・アレンを彷彿とさせる、エルボーパッチ付きのヘリンボーンジャケットを着たくなった。

ダサいかな？ と、少し不安になるのは、僕がまだまだ未熟者だからだろう。

How to Wear Boots

ドクターマーチンの
かっこいい履き方、
おっちゃんが教えたる！

date : 2019.12.4

日本市場で飛躍的に売れ行きを伸ばしているというドクターマーチン。
街で人々の足元チェックをすれば、数多くの老若男女がドクターマーチンを履いて闊歩しているのが目に入る。
本コラム（P28~29）ですでに書いたのだが、僕がこの世でいちばん愛する履物はドクターマーチンの8ホールブーツだ。
ドクターマーチン歴はかれこれ30有余年におよび、悪いけど一家言ある。

そしてその前コラムでは、「ドクターマーチンなんて、ストリート"アンチスタイル"の最右翼だ。その時代の若者が独自の解釈で、自由に履けばいいに決まっているのだ」なんてかっこいいことを書いちゃったのだけど……。
前・言・撤・回！
特にブーツ。履き方がなってない若者が多すぎる！見るに堪えないので、おっちゃんがひとつ指導したいと思います。
もしや、これが世に言う老害？　なんて思ったりもするが、ええ、構いませんとも。

ひもをクロスさせるのはNG。
横一文字になるように通し、
左右の羽根をピタリとつけるべし

などと威勢よく書いてはいるが、実はドクターマーチンブーツに公式の履き方はないそうだ。
だから、本当のホントのところは自由に履けばいい。

でも……、ですよ。
労働者の作業用ブーツとして誕生したドクターマーチンブーツは、1960年代中頃にロンドンのスキンヘッズに見出されてストリートファッション化し、その後はパンクスを中心にロックな履物として人気を博した。
だから、かっこよく履くためには、今でもやっぱり往年のスキンヘッズやパンクスを真似するに限る！　と、おっちゃんは思うのです。

では、いきます。

街で一般的によく見かけるのは、ひもをいちばん下の左右ハトメに通し、上へ向かって順々にクロスさせていく方法。スニーカーや一般的な編み上げブーツでよく見るひもの通し方だ。
この"クロス方式"は、ひもを締めるのも緩めるのも簡単で、もっとも脱ぎ履きしやすい。
（写真1）

だが僕に言わせると、これはNG。ドクターマーチンブーツに限れば、イケてない履き方だ。
"クロス方式"だと、どうしても左右の羽根の間に隙間ができるでしょ？
ドクターマーチンブーツは、左右の羽根をピタリとくっつけて履くのがかっこいいのだ。

では、ぴったりくっつけるためにはどうすればいいか。
クロスさせるのではなく、横一文字になるようにひもを通せばいいのです。

写真を見てもらえばわかりやすいと思うが、ひもを一文字にするには、片方のハトメのいちばん上から通したひもを、反対側のハトメのいちばん下まで持っていき、あとは糸で布を縫うように上まで順に通していく。
（写真2・3）

"一文字方式"はひもを締めたり緩めたりするのにコツが必要で、慣れるまでは脱ぎ履きしにくいという欠点がある。

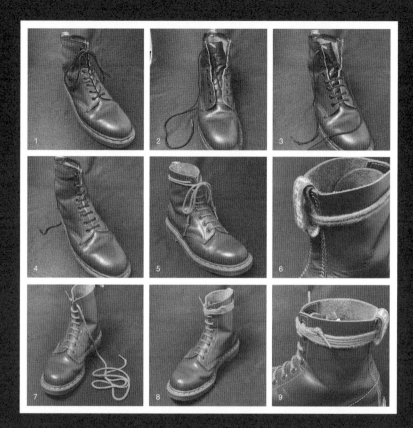

でも、いちばん大事なのは見た目。
ドクターマーチンブーツは、ぜひ"一文字方式"で履いていただきたい。
（写真4）

最終的なひもの処理法は2パターンある。

均等に余らせた左右のひもをそれぞれブーツのボディ背側に回し、タグの中に通して前に持ってくる。そして普通に蝶結びするAパターン。
（写真5・6）

Bパターンはひもを片側だけ長く残し、ブーツのボディにグルグルと巻きつけ（その際、タグの中に通すのを忘れずに）、結ばずにひもの端をグルグルに挟ん

でおしまい。
つまり結ばないのだ。
（写真7・8・9）

僕としてはBパターンがいちばんかっこいいと思うし、かつてのスキンヘッズ＆パンクスの多くもこうしていたが、難点は履いているうちにひもが緩みがちなこと。なるべく緩まないようにするには、ひもの端に1つずつコブをつくっておくのがポイントだ。

いちばん大事なのは、とにかく"クロス×、一文字◎"ということ。
ドクターマーチンブーツを持っている人は、だまされたと思ってやってみてください。
絶対にかっこよくなるから。

Fishtail Parka

GAPのアウトレットショップで買った
モッズコートがなかなか優秀です

date : 2020.1.16

久しぶりにモッズコートを買った。
別に欲しかったわけでもないのに。

昨年末のある日、御殿場プレミアム・アウトレットのGAPショップを冷やかしていたら、裏ボアのモッズコートが4900円（税抜き）で売られていた。「へえ、ずいぶん安いね」と思って、何気なく試着してみたら悪くなかった。
それに、その日はたまたまメチャクチャ寒く、着ていたアウターが薄手のもので震えていたから、ちょうどいいやと思ってそのままレジに持っていったのだ。

なんて、つい言い訳がましい書き方をしてしまうのは、僕がもともとモッズコートについて強いこだわりと愛、それに微妙な思いを持っているからだ。
一般的にモッズコートと呼ばれるフィッシュテールのフード付きミリタリーパーカ「M-51」は、1951年にアメリカ軍が採用した野戦用コート。

朝鮮戦争の休戦に伴って世界中で安価に放出されるようになると、1960年代初頭、イギリスのロンドンを中心に増殖していたモッズがこぞって着るようになり、モッズコートの通称で呼ばれるようになった。

イタリア製のベスパやランブレッタといったスクーターを足代わりにしていたモッズは、ご自慢のスーツがオイルや排気ガスで汚れるのを防ぐのと、夜遊びの際に寒い外気を避ける目的でM-51を着たのだ。

細かいことにこだわらなくなった今、
改めてそのよさを実感したモッズコート

中学生のときパンクロックに目覚め、やがてそのルーツをたどるように60年代のブリティッシュカルチャーに惹かれていった僕は、大学生になって最

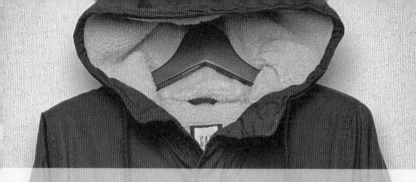

初にもらったバイト代を握りしめてとあるサープラスショップへ行き、M-51を購入した。

モッズコート以上にかっこいいアウターはないと信じていたし、着るなら形状だけを真似したなんちゃってモッズコートではなく、本物のM-51に限ると頑なに思っていたのだ。

やがて当時のリアルタイムなムーブメントであったマッドチェスターカルチャーに染まるようになると、古いモッズカルチャーの象徴であるM-51はクローゼットの中で眠ることが多くなった。

でもやっぱり、たまに羽織ると身が引き締まる感じがしたし、最高のアウターであるという思いは変わらなかった。

ところが、である。

忘れもしない1997年のこと。愛するモッズコートが侵されてしまった。

そんなに悪く言うこともないんだけど、あのドラマ『踊る大捜査線』が放送されたのだ。

織田裕二演じる主人公・青島刑事のトレードマークのひとつがモッズコートだった。

『踊る大捜査線』が大人気になるにつれ、街でモッズコートの人を見かけることが多くなった。

そして僕がクローゼットから引っ張り出して着ていると、「あ、踊る大捜査線だね（笑）」と言われるようになった。

そのたびに「違う!!　違うんだぜ!　モッズコートっていうのはね、ミーハーな流行ではなく、由緒正しいストリートカルチャーなんだ……」と説明したくなったが、面倒くさい人と思われるだけなのはわかっていたので、グッと堪えた。

そして、大事にしていたM-51をフリマで売っ払ってしまった。トレンドアイテムなのでそれなりの値段で売れたのは、まあよかったのだが。

そういえば数年前にも似たような感覚に陥ったことがある。

僕は中高生時代、剣道に親しみ、今も町道場で稽古をしているのだが、ドラマ『半沢直樹』が放送されている頃、人に剣道をやっていると話すとニヤリとしながらこう言われた。

「お、半沢直樹の影響ですね」

「違う違う違う！　半沢直樹なんて観てないし！　影響を受けたとすれば、小学校時代に読んだ『おれは鉄兵』と『六三四の剣』だし！」と大きな声で言いたかったが、もちろん、危ない人と思われるのはイヤなので「いや、そういうわけでは……」と口ごもるだけだった。

つまり何を言いたいのかといえば……。

青島刑事のイメージも薄れ、若き日の頑なさもなくなった今、久しぶりに買った安いなんちゃってモッズコートは、なかなかいい具合なのです。

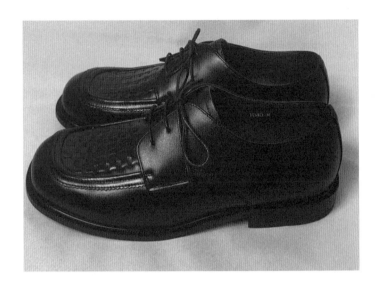

FASHION #024

Boxtop

名古屋の街で偶然出合った、
あまりにマニアックで超かっこいい靴

date : 2020.1.20

打ち合わせのために訪れていた名古屋・大須の商店街をぶらぶら歩いていたら、おやおやこれはこれはと、あるショップへ自然に吸い込まれていった。

fab chic（ファブシック）という店で、僕が好きな1960年代のモッズ〜スキンヘッズカルチャー、それに1970年代のノーザンソウルや1980年代のマッドチェスターカルチャーの香りを感じさせる、マニアックな服が大量に並べられていた。

むむ〜これはすごいと鼻の穴を広げて商品を物色していたら、店主の男性（そっち系カルチャーでは名の知れた山田琢さんという人だと、あとからわかった）に話しかけられた。

トークするうちに、こちらの趣味嗜好もあっという間にバレた。

そして、フルオーダーのモッズスーツを仕立て、オリジナル商品も数多く開発しているという山田さんが、激しく勧めてきた靴があった。

後期スキンヘッズが履いていたんだけど、世の中にほとんど出ていない形なので、自分でつくったのだという。

「後期スキンヘッズということは、スウェードヘッズやスムーズですね」と返したら、「お客さんで、すらっとそんなこと言う人は初めて」と感激してくれた。
よかった、よかった。
何か特定の入れ込みジャンルを持っていると、見知らぬ土地で初めて会った人とでも、こうしてあっという間にわかりあえるから楽しい。

ニッチ中のニッチなアイテムを、個人の熱だけでつくってしまう心意気

僕もその存在を知らなかったのだが、"ボックストップ"あるいは"ノルウェジアンズ"と呼ばれるシューズなのだそうだ。
1970年代に入った頃からロンドンを中心とする都市部では、暴力集団として世間から白い目で見られていたスキンヘッズが坊主頭をやめて髪を伸ばしはじめ、スウェードヘッズと呼ばれるようになっていた。
同時期のマンチェスターでは、初期モッズの愛したレアなソウルナンバーを復活させる運動が起こり、ダンスホールに集い踊り狂ったノーザンソウルと呼ばれるカルチャーの若者たちが増殖した。

そんな彼らが好んで履いていた靴なのだそうだ。

いやいやいやいや、マニアックすぎるでしょ。
そんなに説明が必要な靴なんてつくっちゃっていいの？　売れるの？　採算取れるの？　とたいへん心配になったのだが、いったん店を出たあともその靴のことが頭から離れず、仕事を済ませてからもう一度 fab chicに舞い戻った。
「お帰りなさい！」と迎えてくれた山田さんに、「いやあ、あの靴が忘れられなくて」と言うと、「でしょうね！」と自信に満ちた笑顔を見せてくれた。

それでまあ、まんまと買ったわけです。
でも、これはすごいと思いますよ。めちゃくちゃかっこいい！
そして、なんだか考えさせられた。
ニッチ中のニッチなこんな商品を、個人の熱い思いだけでつくる。なんて素敵なことだ。
マーケティングなんて関係ねーよ！

過去の様々なストリートムーブメントも、最初は本当に小規模の集団の内輪ウケからはじまったものなんだし。
まあ、難しいことはいーや。
この靴、最高にかっこいいでしょ？

Officine Panerai

19年間愛用し続けているベテランユーザーが語る「パネライの真実」

date : 2020.2.7

マニアではないので詳しいことはよくわからないけど、腕時計業界および腕時計好きの間では、「なんだかんだ言って、やっぱりロレックスでしょ」という、ここのとこずっと続いていた風潮が終わりつつあるらしい。

それでポスト・ロレックスとして、パネライの人気が再び高まっているとかいないとか（本当によくわかっていないので、自信のない書きぶりですみません）。

何を隠そう実はワタクシ、最初のパネライブームが来ていた2001年に、代表的ダイバーズモデルであるサブマーシブルを入手し、以来19年間にわたって使い続けてきたベテランユーザー。
だからこの機会に、長い付き合いのパネライについて、ヒトクサリ語りたいと思う。
これからパネライを買おうと思っている人に、何かの参考になればと思う次第である。

● パネライの真実その一
想像以上にデカい！
デカ厚時計ブームの火付け役だけあって、まあデカいし重い。初めて装着した日の違和感は忘れられないけど、19年経った今もその違和感はまったく薄れていない。そのうち慣れるなんていうのは嘘だ。つけてる日は一日中、重たい左手首が気になって仕方がない。

● パネライの真実その二
めっちゃ邪魔
パネライはつける季節を選び、いちばんいいのは半袖の夏。袖口の詰まった長袖だと、干渉してどうしても邪魔なのだ。だから秋が深まる頃にパネライは冬眠に入る。歩行中いろんなところにガンガンぶつかるのもパネライの特徴。丈夫だからビクともしないけど。

デカくて邪魔で
鈍器のような腕時計だけど、
やっぱりパネライは最高なのだ！

● パネライの真実その三
小柄な男には似合わない
僕は小柄な体格。バカみたいにデカくて分厚いパネライは、基本的に背が高いマッチョメンに似合う腕時計。あるいはそのゴツさを逆手に取り、あえて華奢な女性がしていても可愛い。もっとも似合わないのは、残念ながら僕のような中途半端に小柄な男なのだ。

● パネライの真実その四
メンテしてても壊れる
機械式時計の宿命ではあるけれど、僕のパネライは5回ほど修理に出している。2回は内部構造のトラブル、3回は表層のケースのトラブルだ。定期的にオーバーホールしててもこんなもんだから、ノーケア・ノートラブルを期待する人には向かないかもしれない。

● パネライの真実その五
人から安物と思われる
最近はさすがに減ったけど、パネライがそこまで普及していない頃は、ディスカウントストアで買った安い時計とでも思われていたみたい。妙にデカいしざっくりしたデザインだし、知らない人が見たら子供のおもちゃに毛が生えたもののように見えるのかもしれない。

ふう。
あれ？　なんだかディスってるみたい？
ま、待ってください！　僕は本当にパネライが大好きなのだ。
好きでもなければ、こんなにデカくて邪魔で鈍器のような腕時計、ずっと使い続けるわけがない。
ここに書いたことは、みんな愛情の裏返しなのだ。なんだかんだ言って、パネライはとても魅力的なのだ！

僕のパネライ サブマーシブルは回転ベゼル部分に目盛りがなく、ポリッシュ仕上げでピカピカしていることから、時計好きの間では「ピカサブ」と呼ばれる、1998年から2000年の間だけ製造されたやや希少なモデル。
ピカサブは中古市場でも高値で取り引きされているという。絶対に売る気はないのでよく知らんけど。

最近のパネライはユーザーの使い心地を考慮し、薄型・軽量化をはかったモデルも展開されていて、そちらが人気なのだとか。
もちろんオールドファンのために、昔ながらのデカ厚シリーズも変わらず販売されているのだけど、これから買う人には、やっぱりカル薄の方をおすすめするかな。
だってね……（その一に戻る）。

How to Revamp Jacket

Q. 飽きたジャケットを大復活させるには？
A. ボタンを替えるべし！

僕はおもにストリート系ファッションとカルチャーに関する編集＆ライティングの仕事をしているフリーランス野郎だから、カチッとした雰囲気の服はほとんど着ることがない。

新調するタイミングはどうしても必要な用事ができたときだけ、4～5年に一度あるかないかだろう。

では、このブルックス ブラザーズの濃紺のジャ

BEFORE　　　　　　　　AFTER

ケットはなんで買ったんだっけ？　と思い返して
みると、そう、5年前の子供の小学校入学式
のためだった。
写真スタジオで家族揃って記念撮影もする予
定だったから、久しぶりにまともなジャケットで
も買おうという気になったのだった。

ノンダーツのボックスシルエット、ナチュラルショ
ルダー、段返り三つボタンという典型的なアメ
リカントラッドスタイルで、外付けパッチポケット
というカジュアル寄りのディテールを持つこの
ジャケット。
どんなパンツにも合わせやすく、非常に使い勝
手がよかったので、買って以来、仕事にプライ
ベートにと重宝してきた。

ところが。
トレンドに左右されないオーソドックスな型だか
らいつまでも着られるだろうと思っていたのに、
なぜかここのところ着ようという気が起こらなく
なっていた。
簡単にいうと飽きてしまったのだ。　人間だもの。

地味な貝調ボタンから
味のあるメタルボタンへチェンジして
お気に入りブレザーへ格上げ

もったいないことだなあと思った僕は、このジャ
ケットを再び活用するために、ちょっとカスタム
しようと考えた。
でもプロに発注したら、簡単なお直しでも数万円
もの費用がかかる世界。
そこで、素人でもできるもっとも基本のカスタム

法、"ボタンチェンジ"にチャレンジすることにした。
さっそく、東京・蒲田にある手芸の聖地、ユザ
ワヤへGO！　目指すはボタン売り場だ。
平日昼間のユザワヤ。僕くらいの年齢の男性
客はほとんどいないけど、んなこたあ気にしない。
だってオイラ、フリーランスだから。

もともとジャケットにはオーソドックスな貝調ボタ
ンがついていたが、段返り三つボタン、パッチ
ポケット、濃紺という特徴を活かす方向で考え
ると、メタルボタンに替えればいいのではない
かと思っていた。そうすれば、ブレザーとして再
生するはずだ。

売り場に無数に陳列されたボタンを、ひとつひ
とつ吟味すること小一時間。
傾向としては、日本製は手頃な価格だがいまい
ち面白みに欠け、少し値は張るがイタリアやフ
ランス製のボタンは、やっぱりかっこいいもの
が多いということがわかった。

悩んだ末、僕はフランス製の"ギターを弾く男"
がデザインされたメタルボタンを購入。値段は、
大小ともに一個580円だった。
家に戻ってボタンを交換してみると、とてもいい
出来栄え。
これは大成功と言ってもいいのではないだろう
か？　早く着たいぜ！

飽きてしまったジャケットは、ボタンチェンジで復
活を！
本当におすすめなので、ぜひお試しください。

Flannel Shirt

ネルシャツ着るならファストファッション、 それも赤に限るという話

date:2020.3.17

中途半端なこの季節に、重宝するのがネルシャツだ。
僕が持っているネルシャツは赤系ばかり。これにはやや深いわけがあるのだが、その話はのちほど。

ネルシャツといえば我々グリズリー世代がまず思い出すのは、ニルヴァーナのカート・コバーンだろう（でしょ？）。
カート・コバーンの登場とともに、1990年代以降、着古したネルシャツ＝グランジ＝かっこいいという認識が広まったと言い切りたいが、もともとカートのスタイルは、当時のアメリカ・西海岸のキッズの間ではごく当たり前のものだった。

日がな一日、仲間とスケートボードなんかをしながらだらだら遊んでいる、金のない若者のごく日常的な服装そのものだったのだ。
朝起きて着替えたまんまの格好でフラッとステージに上がるカート・コバーンがスターになったため、ただのネルシャツが急にかっこいいアイテムと認識されるようになったんだから、ファッションというのは面白い。

そこらへんで売っている 適当な安いネルシャツを ヨレヨレっとした感じで 着るのがベスト

ネルシャツというのはもともと、アメリカで1930〜40年代頃から使われていたアイテム。当初は林業や農業従事者用として、その機能性の高さからやがて土木や工場労働者にも用いられるようになった純ワークウェアだ。

ストリートファッションとして取り入れられるようになったのは、1970年代頃から。1980年代にはスケーターやパンクス、Bボーイの間でも着られるようになり、1990年代のグランジでさらに注目されるようになったというわけだ。

さて、僕のネルシャツがなんで赤ばかりなのかという話。
ネルシャツはインナーとアウターの中間のような存在で、ラフな重ね着スタイルに使いやすいからだ。
ボタンを全開にして着て、中のTシャツの柄をアピールしたり、肌寒い日は上にアウターを羽織り、中のネルシャツを見せるようにしたりするのがいい。
重ね着を前提としたアイテムだから、コーディネートの中で差し色として利いてくるヴィヴィッドな色合いがいいのだ。

そしてネルシャツでもうひとつのこだわりポイントを挙げるとすれば、ファストファッション系の安いものを適当に選ぶということ。
なぜなら、カート・コバーンを代表とするグランジの元ネタとなった当時の西海岸のキッズたちが着ていたネルシャツなんて、ウォルマートやKマートのようなそこらへんのスーパーで売られていた安価なものだったから。
決して、名のあるおしゃれブランドの高いネルシャツではなかったのだ。

それをなるべくヨレヨレっとした感じで着るのが、本物っぽくていいんだよね〜。
変なこだわりのように聞こえるかもしれないけど、これ本当ですからね。

FASHION #028

Working
Clothes

オシャレなワーク系セットアップだけど、
ナッパ服風だから好きなのだ

アナーキーをご存じだろうか？
1978年に結成、1980年にレコードデビューした、ジャパニーズパンクの草分け的なバンドである。
なんやかんやあってTHE ROCK BANDと変名したり、活動休止していた時期もあったり。また主要メンバーのお一人が亡くなってしまったりもしたけど、現在もほぼオリジナルメンバーで精力的な活動を続けている重鎮だ。
活動初期からアナーキー、ANARCHYとともに、亜無亜危異という漢字表記があり、現在はこちらの方がメインとなっている。

一口にパンクといっても、インテリ系、アート系、左翼系からスポーツ系、右翼系、不良系まで実は様々あり、僕はそのどれも愛しているんだけど、アナーキーは"ド不良系パンク"の元祖だ。
活動を開始した1970年代末は、日本にまだ本場のパンクカルチャーがしっかり伝わりきっていなかった時期。そしていかにも悪そうなアナーキーが演奏する過激な音楽に反応して固定ファンになったのは、当時の日本で一大勢力を誇っていた暴走族系の不良だった。
亜無亜危異という当て字からもそんな雰囲気は伝わるだろう。

今もアナーキーのライブは、ほかのパンクバンドのライブとは少々趣の異なる、それこそ暴走族の集会のようなピリついた空気が漂う。
そこがまたいいのだ。

ディテールはいろいろ違うけど
濃紺のワーク系セットアップ＝
ナッパ服と自己満足

デビューからすでに40年以上経過しているバンドだから、もちろん紆余曲折あるけど、アナーキーのファッションで有名なのがナッパ服。
ナッパ服というのは、旧国鉄の機関士や運転士が使用していた上下揃いの作業着のことだ。アナーキーはデビュー当時から、国鉄払い下げのナッパ服をメンバー全員が着込むスタイルで決めていた。

現在もナッパ服はアナーキーの象徴。腕に「国労」よろしく「亜無亜危異」と刺繍された赤い腕章をするのもお決まりだ。
コアなファン向けにアナーキーオリジナルのナッパ服も販売されていて、そちらは背面にバンドロゴの刺繍が入っている。
暴走族の特攻服のような雰囲気だ。

さて、長々とアナーキーおよびナッパ服について書いてきたのは、先日、アーバンリサーチに立ち寄ったら、ナッパ服風のセットアップを見つけてしまったからだ。
本来のナッパ服は詰襟が特徴だが、こちらは普通の襟。
それにディテールもいろいろ違うけど、濃紺のワーク系セットアップというだけで、見た瞬間、「あ、ナッパ服！　アナーキー！」と盛りあがり、即買いしてしまった。

アナーキーは大好きだけど、本物の旧国鉄作業着やアナーキーオリジナルナッパ服を買うほどの入れ込み系ではない。
なんとなくそのエッセンスをほのかに感じ、「ふふふ」とごく密かに満足したい程度のファンなのだ。

でも、素肌に直接羽織って赤い腕章でもしたらやっぱりかっこいいかな。
と、こっそり目論んだりしている。

Celluloid Eyeglasses

20年近く前に買った高級フレームで実感。
やっぱり高いメガネは正義!

date : 2020.8.19

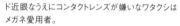

ド近眼なうえにコンタクトレンズが嫌いなワタクシは
メガネ愛用者。
エルヴィス・コステロやウィーザーのリヴァース・クオモといった、バディ・ホリーの系譜を継ぐメガネ
ロックミュージシャンが好きで尊敬しているということもあり、誇りを持ってメガネスタイルを貫いている。

以前は取っ替え引っ替えいろんな形のメガネを
使っていたのだが、やがて自分に似合うのは、黒
縁のウェリントンタイプしかないということに気づいた。
いや、バディ・ホリーもエルヴィス・コステロもリ
ヴァース・クオモも黒縁ウェリントンだから、強引に
自分を合わせていったのかもしれない。

そんなメガネ好きな僕だが、実は4年ほど前に「も
う当分の間、メガネは安いブランドのものしか使
わん!」と決めた。
なぜなら、超イタズラ好きのワンコを飼いはじめた
から。
このワンコ、子犬の頃から人間の匂いのするもの
を集めたりかじったりするのが趣味。
スリッパなんかはいいんだけど、大事にしている靴
とともにメガネやサングラスを立て続けに数本かじ
られたときは、ほとほと参ってしまった。

そんなに大事なメガネならちゃんとケースにしまえと
言われるかもしれないけど、我が家のワンコちゃん
ときたら、わざわざメガネケースから取り出してかじ
るのだからどうしようもない。
だから、やられても心理的および経済的ダメージ
が小さい、ジンズやゾフのメガネばかりを使うよう
になったのだ。

泰八郎謹製×ナンバーナインの
レアモデルに、現時点で
最高のレンズを入れてみた

でもそんな馬鹿だけど可愛い我が家のワンコもも
うすぐ5歳。
おかげさまでだいぶ落ち着いてきて、むやみに人
のものをかじることもなくなってきた。
「もう! このおバカ犬!」と怒りつつ、そんなとこ
ろもまた可愛いなあと思っていたので、分別のつ
いてきたことに一抹の寂しさを感じたりもするのだ
が、まあ、犬も人間の子供もそんなものだろう。

じゃあ、久しぶりにいいメガネをかけますか!
そう思って、しばらくの間ワンコの手が届かないと
ころで秘蔵していたフレームを取り出した。
これもおバカ犬にかじられてレンズに傷がつき、
お蔵入りしていたものだけど、奇跡的にフレーム
はほぼ無傷だったので、いつかレンズを替えてま
た使おうと思っていたのだ。

金子眼鏡のブランド「泰八郎謹製」の純セルロイ
ド製メガネだ。
昭和17年に福井県鯖江市で生まれた山本泰八
郎は、中学卒業後、セルロイド職人に弟子入り
し、伝統的なセルロイドフレームのメガネ製作をは
じめる。
泰八郎の作品は美しく、多くのメガネ通を唸らせ
てきた。そんな泰八郎は55歳のときに金子眼鏡
と知り合い、「泰八郎謹製」というブランドになった。

とまあ、そんなヒストリーを持つ泰八郎謹製は、
数多くのブランドとコラボレーションモデルをつくっ

てきたことでも有名。
僕のモデルは確か2000年代前半に買ったものだが、現在はソロイストのデザイナーとして活躍する宮下貴裕が在籍し、人気最高潮だった頃のナンバーナインとのコラボモデルだ。
ビート時代の偉大な詩人、アレン・ギンズバーグをイメージソースとしてデザインされたものである。

その後の数年間、同モデルはつくられ続けたが、僕の持っているのは最初期型。二期目以降はフレームの縁にある金属飾りがハート形やスカル形になり、ナンバーナイン色は強まるのだが、一般的にはやや使いにくいものになるので、リリース直後にこの型を買った自分の選球眼を、今さらながら褒めてやりたい。
結構なレアモデルになっているようで、レンズ交換とフレーム調整のために金子眼鏡に持ち込んだ際には、店員さんにめちゃくちゃ羨ましがられた。

当分はこのメガネを使っていこうと思うので、かなりいいレンズを入れた。
遠近両用で両サイド非球面の最薄型。しかもPC対応のブルーライトカット機能もつけちゃったので、レンズだけで4万円。
レンズ代込み込みで1万円前後のメガネばかりかけていたここ数年間から思うと、えらい進歩だ。

久しぶりに高級フレームのメガネをかけてみて、つくづく思った。
やっぱりいいメガネをかけていると気分がぐんと上がるのだ。

何しろメガネは、身につけているものの中で最初に人の目に触れるのだからね。

もちろんジンズやゾフが悪いというわけじゃない。
それは、今さら「ユニクロの服ってどうなの?」と言うのと同じで、品質やスタイル的に高級ブランドとなんら遜色はないし、コスパの面からいえば使わない手はないのだ。
だから、わざわざ高価なメガネをかけるのは、マニアックな趣味の領域と言ってもいいのだろう。

とかなんとかブツクサ言ってるけど、本当に泰八郎さんのおかげで、気分上々であることは間違いない。
だから頼むぜワンコちゃん。
赤ちゃん返りして、気まぐれでかじったりしないでくれよな、本当に。

photo by
carlo magnani, Brennan Schnell/flickr

Wrist Accessories

大人の男におすすめできるアクセサリーは、
"手首もの"だけ

date : 2020.9.20

大人の男が過剰なアクセサリーをつけるのは
いかがなものか、という意見は根強い。
「とにかく装飾品はいっさい身につけない。
洋服以外で身を飾るものは腕時計だけ」なん
ていう強硬な意見を持つ人もいる。
僕もシルバーアクセを過剰にじゃらじゃらさせ
たりするのはちょっとと思うけど、そこまでスト
イックではなく、気が向けばそれなりにアクセ
サリーを楽しみたい柔軟派だ。

アクセサリーの中でいちばん好きなのは、手
首に巻くブレスレットやリストバンド。
指輪やネックレスはたまにつけると鬱陶しくて
仕方がなく、すぐにはずしたくなってしまう。

常時装着していても気にならず、それどころ
か気分が安定するのが、僕にとっては手首
系アクセなのだ。

24時間365日はずすことなく、常につけてい
るのはシルバー製のチェーンと2本のミサンガ
だ。
チェーンは11年前、長女が生まれたときに
買ったもので、プレートにはそれを記念する
文字を刻んでいる。
2本のミサンガは、その娘の手づくりで、い
つの間にか巻いてくれたもの。
自然に切れるか解ける日まで、巻いていなけ
ればならない掟だ。

様々なテイストの手首アクセは、
腕時計と重ねづけしながら
取っ替え引っ替え楽しむ

こうしたレギュラー陣を含め、僕の手首アクセは四系統に分かれていて、その時々の気分に合わせてつけている。

左上写真のグループ①はパンク系鋲リストバンド。
中学でパンクに目覚めた僕にとって、アクセサリーの基本は鋲なのだ。
写真左端の一連鋲リストは、高校生のときにパンクショップで買ったもの。今の僕の手首には若干きつい。
真ん中はミハラヤスヒロ。金属の鋲をレザーで包んだ"炙り出しシリーズ"。
右端の二連鋲は、20代の頃に自作したものだ。

右上写真のグループ②はシルバーアクセ系。
クロムハーツだ、ゴローズだ、ロンワンズだといった高価なブランドのゴテゴテしたシルバーアクセには興味がない。僕の数少ないシルバーアクセは、いずれも人生の記念品だ。
左は新婚旅行で訪れたギリシャのサントリーニ島で買った、伝統の"メアンドロス紋様"が刻まれたブレスレット。
右は前述の通り、子供が生まれた記念で買ったブレスで、ラルフローレンのものだ。

左下写真のグループ③はパラコード系。
本コラムでも前に紹介したが、ここのところ少し凝っているDIYアクセ。
右側のグレーは映画『マッドマックス　怒りのデス・ロード』でトム・ハーディ演じる主人公のマックスが腕につけていたブレスをお手本に自作した。
左のカラフルなものは、娘がつくってくれたものだ。ミサンガの次にはこういうものを作るようになっている。

右下写真のグループ④はシンプルレザー系。
左は10数年前に買ったジャムホームメイドのもの。
右はフリーマーケットで、ヒッピーっぽいおじさんが売っていた手づくりものだ。

僕はこうした手首アクセを左腕だけにつける。腕時計と重ねたりしながら、取っ替え引っ替え楽しんでいるのである。

Chapter Two

SPIRITS

「三つ子の魂百まで」というが、僕の趣味嗜好に関しては「中二の魂百まで」ではないかなと思う。

しかし"厨二病"という言葉が浸透していることからもわかるように、そのくらいの年齢は一般的に恥ずかしい時代とされる。中二の感受性は流行り病のようなものとされ、恥ずかしいから成長とともに徐々に記憶から消し去られる、あるいはさりげなく書き換えられていくものらしい。

しかし、なかには中二時代の感性をそのまま、あるいはそれを核として雪だるま式に膨れ上がらせていく人もいる。少年期に受けた衝撃が忘れられず、青年期も壮年期もそれを温存し続けるちょっとイタい大人が、これすなわちサブカルおじさんではないのだろうか。そう、自分の話をしているのだ。

中二の頃の僕は学校の勉強や試験はなるべくラクして切り抜けつつ、数少ない話の通じる友人とマイナーなパンク・ニューウェーブバンドの情報を交換し、レンタルレコードをカセットテープにダビングして聴きまくり、兄が買ってくる『宝島』やカルト漫画を読みあさり、B級映画をレンタルビデオで観ては震撼していた。

高校生になるとさらに拍車がかかり、バンドを組んだりライブを観に行ったり、少しずつファッションにも目覚めはじめたりするのだが、基本的にそれらは51歳現在の自分が楽しんでいることと、ほとんど何も変わらなかったりして、我ながら愕然とする。これから老年期を迎えるが、おそらく死ぬまで僕の厨二病は治らないのだろう。

Band
T-Shirt

バンドT〜Tシャツはアイデンティティと
アトリビュートを示すメディア

date : 2019.4.2

まったく我ながら、何を言ってるの？　というタイトルだ。

好きなアーティストのライブに行くと、必ずバンドTシャツを購入する。何度も観ているアーティストだと、すでに持っているTシャツとデザインはほとんど変わらなかったりするのだが、そのときに回っているツアーの地名がバックプリントされているので、やはり買わずにはいられない。

話は突然変わる。一昨年の春、家族と一緒に富士サファリパークに行った日のことだった。クレープの行列に並んでいてふと後ろを見ると、「THE BUSINESS」のロゴTシャツを着た、同世代に見える短髪のおじさんが子供と並んでいた。THE BUSINESSは、僕の好きなイギリスのバンド。1970年代から長年活動していたオイ！というジャンルの草分け的存在だが、数カ月前にボーカルが死去し、活動を休止したばかりだった。
話しかけずにはいられなかった。
「ミッキー、亡くなっちゃいましたね」

バンドTシャツとは
同好の士の
心をつなぐもの

一瞬、驚いた顔をした彼は口元を緩め「ええ。残念ですよね」と答えた。そのあと、二言三言交わしたが、それぞれのクレープが焼きあがったので別れた。
アメリカ人みたいに、たまたま居合わせた人とスッと会話をはじめるスマートさに憧れることもあるけど、普段の自分にはとてもできない。
でも、思いがけぬところで出会ったオイ！仲間に話しかけるのは、抵抗がなかった。

いささか古い考え方かもしれないが、ファッションとは自分の属性（アトリビュート）と自己同一性（アイデンティティ）を示すものだと思っている。特に仲間内での流行が口コミで広がるストリートスタイルでは、そういった側面が強い。

何が言いたいのかというと、だからバンドTシャツはいいよねってことだ。

SPIRITS #002

Blazer

渋カジ〜僕に紺ブレ購入を決意させた
山下達郎とボズ・スキャッグス

date : 2019.4.4

渋カジとは、渋谷あたりに集まる若者が発信源となった、プレッピーな
アメカジスタイルを基調とするファッショントレンド。全盛期は1980年
代中頃から1990年代前半までなので、ちょうど僕の高校から大学生
時代にあたる。

だがその頃の僕は、パンク、ニューウェーブ、ハードコア、オイ!、スカ、
マッドチェスターといった、キワモノすれすれのロックとファッションに夢
中だったので、渋カジのような王道のユースカルチャーとは無縁だった。
というよりも、ラルフ ローレンの紺ブレやバンソンの革ジャンを着て、ゴ
ローズのジュエリーをぶら下げつつ、ラクロスのスティックを片時も手離
さない彼女と海辺をドライブしながら、カーステで山下達郎を聴いてい
るやつなんて、みんなアホだ敵早く滅びろと思っていた。

で……、今から10年ほど前、日本の音楽好きの間でにわかにシティポッ
プとAORに対する再評価の波が起こった。歳を食い、それなりの柔
軟性が備わっていた僕はその波にひょいと乗り、遅ればせながらボズ・
スキャッグスやエア・サプライ、ジョージ・ベンソンにネッド・ドヒニー、そ
れに大瀧詠一や山下達郎、村田和人、佐藤博などなど、それまで避
けていた往年のAORとシティポップを、基本から一気に聴きまくった。
「ふう、なんて素敵なんだ。今までホントすみません」と心の中で謝り
ながら。

理解するのに30年かかったけれども……

僕は好きな音楽ができると好きなスタイルが決まっていく。だからAOR
やシティポップが好きになってから、ファッションの好みの幅もちょっとだ
け広がった。あの頃の渋カジ野郎の気持ちも、今さらながら少しわかっ
たような気がした。

そんなわけで、死んでも着るものかと思っていた紺ブレを一着買った。
そして今年（2019年）は久々に紺ブレがトレンドになったので、いそい
そとクローゼットから出して着ているのだ。

Studded Belt

ベルト〜目につかないところに こっそりミックスする自分のシンボル

date : 2019.4.9

かれこれ25年くらい大事に使い続けているベルトがある。上下二連でピラミッド形のスタッズが打たれた、パンクス御用達のいわゆる"鋲ベルト"だ。どこのブランドのものというわけではなく、いつどこで手に入れたのかも正確には覚えていない。たぶん、通りすがりのパンクショップで買ったものだったと思う。

会社勤めをしていた頃も、ずっと愛用していた。サラリーマンといっても雑誌編集者だったので、服装はわりと自由が許されたから、ノーネクタイでシャツをパンツの外にアウトし、その下に密かに鋲ベルトをしていたのだ。

僕は中学生のときにパンクの洗礼を受けた。でもそれ以降は、それなりにいろいろなジャンルの音楽を聴いてきた。ファッションも10代のときにほんの一瞬だけパンクスを志したが、そのあとはいろいろな方向を試してきた。

でも根はパンク。だからベルトは鋲ベルト。

ジジイになっても鋲ベルト。棺桶に入るときも鋲ベルト

日本を代表するパンクバンドのひとつ、ラフィンノーズの『PUNK ALWAYS』という曲では、「パンク・オールウェイズ・オン・マイ・マインド」（※）と歌われている。いつも心にパンクを。僕もその精神を、このベルトに託しているのかもしれない。

グリズリー世代のみなさんに、鋲ベルトをプッシュしているわけではない。でも、小物でもアクセサリーでもなんでもいいので、"自分のシンボル"をひとつだけ、常に身につけることをおすすめしたい。
僕のようなベルトであったり、あるいはネックレスであったり、あまり目立たないものがいいだろう。その方が飽きないし、どんなテイストの服にも合わせられる。

僕はこのベルトをしてジジイになり、棺桶に入るつもりだ。
きっと鋲は焼け残るが。

（※）『PUNK ALWAYS』（作詞:LAUGHIN' NOSE）

Men's Bag

バッグ〜
持つべきか持たざるべきかそれが問題だ ──
アメリカ男はいつも手ぶら

date : 2019.4.11

アメリカで生まれ育った一般的な男性が、日本に来て驚く光景のひとつに、多くの日本人男性が嬉々として（彼らにはそう見えるらしい）バッグを持ち歩いていることがあるという。特に休日、トートバッグや小さめのショルダーバッグを肩から提げて歩く男性については、「信じられない。恥ずかしくないのか」という印象を持つようだ。

実際、旅行中のアメリカ人男性や雑誌に掲載されるセレブスナップを見ると、圧倒的に手ぶらが多いことに気づく。
アメリカ人男性がバッグを好まない理由は、車社会だから荷物を持ち歩く必要性が薄い、マッチョ文化だから男はいつでも闘えるように両手を空けておくべきと考えている、など諸説あるがはっきりとはわからない。彼らは小さな頃からそういう行動がしみついていて、「なぜ?」と問われても、これといった答えが見つからないのだ。

アメリカで持っていると
馬鹿にされるショルダーバッグ

彼らは日常生活ではできるだけ手ぶらで歩くのをよしとし、重い教科書を持ち運ばなければならない学生や、大人でもどうしても荷物が多くなる場合は、なるべく男らしいバッグ＝リュックを選択する。小旅行では手提げのボストンバッグ、ビジネスシーンではブリーフケース一択だ。そして、日本人男性が好んで持ち歩くような小さなショルダーバッグはman purse、略して「murse」と呼んで蔑まれる。

僕もバッグを持つべきか、持たざるべきかについて悩むことがよくある。むやみにアメリカ人の真似をして、なんでもかんでもポケットに突っ込んで歩くのは馬鹿げていると思うし、荷物を極限まで減らしたシンプルなライフスタイルに憧れも感じる。
なかなか難しい問題だ。

Work Clothes

ワークマン〜ワーキングクラスウェアに宿る
ストリートスピリッツ

ワークマンが人気だ。

幹線道路沿いにある作業着店・ワークマンに並ぶ服が、高機能で好コスパ、デザイン的にもいいものが多いということを、若者が発見したのである。
最近、僕もちょくちょくワークマンを覗き、行くたびに何かしら買ってくる。傷んだり汚れたりしたら使い捨てしてもいいようになのか、価格がかなり安く設定されているので、ほとんど躊躇なく買い物をすることができる。

店内に入ると、人気が本物だということがわかる。脚立を積んだワゴン車を駐車場に停め、純粋に作業着を求めにくる人ももちろん多いが、たぶんこれまで作業着店には縁がなかったであろう、オシャレな若い男女がウキウキと品定めしている。

「作業着なのにかっこいい」のではなく「作業着だからかっこいい」のだ

ただ、ワークウェアと若者のファッションが結びつくのは古典的な文化だともいえる。ご存じの方には今さらな話だが、古くはリーバイスのジーンズやGジャン、ディッキーズやベンデイビスのワークパンツ、レッド・ウィングのエンジニアブーツ、ドクターマーチンの編み上げブーツ、カーハートのカバーオール、オシュコシュのオーバーオール、カムコのネルシャツなどなどなど、ワーク由来のストリートウェアは枚挙にいとまがない。

ワークマンに並ぶ作業着を見ると、いにしえから受け継がれたワークのエッセンスが純粋な形で生きていることがわかる。つまり要するに、かっこいいに決まっているのだ。

僕はワークマンで安全靴やブルゾン、ベスト、それに靴下も買った。ワークマンでワークウェア本来の機能美に気づいた人が、もっとほかのワークウェアブランドにも興味を持ってくれると面白いのにと思う。

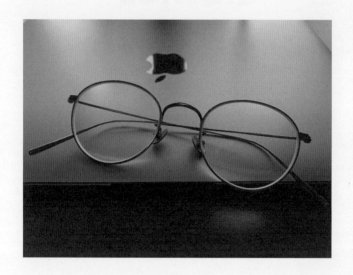

SPIRITS #006

Complicated

メガネ〜オシャレはオシャレじゃない？
ストリートおじさんのややこしい心理

date : 2019.4.22

ダサい格好はしたくないし、自分なりにファッションのテーゼを持っているつもりだが、人から「服が好きなんだね」とか「流行に敏感だね」と言われるとイヤだし、そう思われたくもない。

ファッションなんてどうでもいいぜという態度なのに、なぜかオシャレになっている。流行なんて意に介さない独自のスタイルなのに、いつの間にかいい感じになっている。

これが理想なのだ。

ま、そうやってウダウダ考えている時点で、すでにかっこ悪いのかもしれないけど。

早川義夫の名作アルバム『かっこいいことはなんてかっこ悪いんだろう』じゃないけど、"オシャレなことはなんてオシャレじゃないんだろう"という心理だ。

ストリートおじさんも、けっこう面倒くさいのである。

とにかく、人からオシャレ最優先人間とは思われないように、昔から意識しているというのは本当。ここ、なかなか説明が難しいけれども。

それで、いつも悩むのがメガネだ。ド近眼のうえに最近は老眼もはじまっている僕にとって必需品のメガネは、常に顔のど真ん中にあって目立つアイテム。

ここで頑張りすぎても油断しすぎても、せっかく微妙に取っている（つもりの）バランスが台無しになってしまう。

だからダサくなく、若ぶりすぎず、オシャレすぎず、遊びすぎず、かといっておっさんぽくなく、強すぎず、弱すぎず、ビジネスやスポーツ寄りでもない、ちょうどいいメガネはないかと探すことになる。

安いメガネをかけているのにも理由があるのだ

そんなことを意識しつつ、三年前までは金子眼鏡か白山眼鏡店でよく買っていた。でもあることをきっかけに、しばらくはジンズかゾフでしか買わないことに決めた。

きっかけは犬を飼いはじめたことだ。うちの犬は相当ないたずら坊主。かなり躾はしたのだが、留守番しているとどうしても人恋しくなってしまうのか、つい人の匂いのついたものをかじるクセがある。

スリッパ程度ならいいんだけど、大事なメガネをいくつかダメにされたときは、暗澹たる気分になった。

この犬が落ち着くまで、高いメガネを買う気がしない。それに、ジンズやゾフは低価格なのに品質がいいし、品数豊富で理想のものが必ず見つかるのだ。

ちょっと前は黒か茶セルのウェリントンだったけど、ここ一年ほどはボストン型の細いメタルフレーム（ジンズの遠近両用！）を愛用している。実は、ちょっとトレンドも意識してたりして。

Need Wallet?

財布〜
キャッシュレス社会の進行で、
必要不可欠な
ものではなくなった

date : 2019.4.30

十数年前だったか、「風水的にいい」とかなんとかで男の長財布が流行った。
なんか知らんけど、長い財布を持っていると金運が上がり、そのうえ、かっこいいという風潮になったのだ。
なんやかんや言って、僕はそういうものにけっこう流される男でもある。
買いましたとも長財布。それもプラダで。まぁ張り切って。

でも1年も使わなかった。腹立たしいほど邪魔だったのだ。
カジュアルスタイルのときは、ケツポケットから長財布を半分はみ出させるのがかっこいいと言う輩もいたけど、田舎くさいセンスだなあと思った。

二つ折りに転向してブルガリ、次はルイ・ヴィトンの財布を使った。でも使用期間はそれぞれ1年未満。自分が持つ財布じゃないような気がして、落ち着かなかったのだ。ストリートおじさんを自認するなら、財布まできっちりストリートらしくするべきなのだ。大人たるもの、財布くらい高級メゾンのものを持てという世間からの見えないプレッシャーのようなものを、僕は無視することにした。

はじめたらやめられなくなる
快適なマネークリップ生活

次は、使えば使うほど経年変化でかっこよくなるというヌメ革製の財布を買った。ホワイトハウスコックスのセカンドライン、セトラーというブランドのものだ。
まあまあ気に入って2年以上使ったが、その頃から日々の買い物をなるべくキャッシュレスで済ますようになり、そもそも財布の

必要性を疑うようになった。

もしかしたら、憧れのマネークリップ生活ができるかもしれないと思い、ブラス製のS字形両面タイプのマネークリップを買った。片面にカード、もう片面に紙幣を挟む構造だ。でも挟む力が強すぎて、カードが少しずつ傷みはじめたので使うのをやめた。

そして次に買ったのがthe RIDGEという代物。2枚の金属プレートとゴムバンドで構成されたカードホルダー兼マネークリップだ。これはよかった。ここ数年、ずっとこ

れを使っている。現金でしか払えない場面で発生したお釣りの小銭は一時的にポケットに入れておき、家で貯めるようにしている。

ただ、旅行や出張などに行くときは、コム・デ・ギャルソンで買った小さな財布を持っていく。旅先ではその日に発生した小銭を貯める場所がないし、領収書なども数日分溜まってしまうからだ。

自分はthe RIDGEとギャルソンミニ財布の併用でいける感じがしている。

Sneakers

スニーカー〜
こだわりがなければないで、選ぶのが楽しいのだ

date : 2019.5.2

どちらかというと、僕はスニーカーよりもブーツやレザーシューズの方が好き。これは年齢によるものではなく、若い頃からずっとそうだった。
でも、ほとんど毎日をカジュアルスタイルで過ごす僕にとって、気安く履ける靴はやっぱりスニーカーだ。

するとどうなるか。
レザーシューズやブーツはこれから一生履くつもりで本当に好きな一品を選び抜き、気合いとともに買うのだが、こだわりのないスニーカーは、1年くらいで履きつぶす予定で、そのときの気分に合わせて気軽に買う。

そんな僕の今春の愛用スニーカーは、VANSの定番中の定番「オールドスクール」だ。
1977年に発売されたオールドスクールは、スケーターのために開発されたスニーカー。
アッパーの要所に組み込まれたスウェードレザーは、スケートボードのデッキに擦れて傷みやすい部分を補強するためのデザインだ。

多くのスケーターやロックスターに履かれてきたオールドスクールだが、僕のお手本は、マイナー・スレットというバンドのリーダーであるイアン・マッケイのスタイルだ。
マイナー・スレットは1980年代前半、ワシントンD.C.を中心に盛りあがった"ストレートエッジ"という、USハードコアのサブジャンルの生みの親である。

オールドスクールを見ていると
ストレートエッジ思想に
ついて考えてしまう

ストレートエッジのイデオロギーは、自分たちが抱える身近な問題から目をそらさず、みずからを害する物ごとを遠ざけ、我が身を厳しく律しようというもの。

「セックス・ドラッグ・バイオレンス」といういかにもロック的な価値観とは正反対に、タバコ、酒、ドラッグをいっさい摂取しない、暴力をふるわない、快楽目的のみのセックスをしない……という清潔・潔白なものだった。
そうした信条を激しいハードコアサウンドに乗せて訴えるストレートエッジに、当時の一部の若者は熱狂したのだ。

……まあね、僕は1980年代のアメリカの若者じゃないから、全然そこまで清潔・潔白じゃないけれど、ストレートエッジの思想とサウンドはめちゃくちゃかっこいいと思うし、そのジャンルの神様であるイアン・マッケイのスタイルは、いくつになってもお手本なのだ。

そんなこんなで、今年は人生で通算何足目になるかも忘れてしまったVANSオールドスクールで、ストレートエッジ気分なのである。
冬が来る頃までには履きつぶし、来年にはまた何か新しいスニーカーを買うのだよ。

僕の記憶と情報が確かなら、女性ウケの悪いメンズファッションとして、和柄やアニメ柄などと並び、スカル柄は常に上位に挙げられてきた。

ドクロが許されるのは中二まで
妙にイキった感じでダサい
スカル柄の人とは絶対に並んで歩きたくない
……女性からの評判は散々である。

ああ上等だよ！　こっちだってモテようと思って着てんじゃねえし!!
そう、僕のクローゼットの中にはスカルTシャツが結構ある。
なぜならパンクやハードコア好きだから、勢い、スカル柄のバンドTシャツが増えていくのだ。同様にメタルやゴスなんかが好きな人のクローゼットにも、スカル柄が大量にあるのではないかと思う。

でもスカル柄ってやっぱかっこよくない？　なんでダメなの？　と思ってしまう。
今年（2019年）、50になる身だが。

ナチスの
"悪"イメージを借り、
不良ストリート
スタイルとして定着

スカルモチーフが使われはじめたのはいつ頃からか。
西洋では古くから、ドクロは死の象徴というイメージとともに、人間の不完全性、それに対する神の永遠性・絶対性などを指すものとされ、海賊旗や軍隊の徽章に用いられてきた。

現代のストリートスタイルに直接リンクするのは、おそらくナチスのコスチュームだ。18世紀から20世紀初頭にかけてプロイセン王国軍の騎兵隊が用いた、交差する骨の上に少し横向きの頭蓋骨を置いた"トーテンコップ"という徽章のデザインを、ナチスの親衛隊が採用した。

ナチスの非道さは国際的な非難を受けたが、戦後に登場したアメリカのバイカーズやイギリスのロッカーズといった若者不良集団は、ナチスの"悪"のイメージを借用し、自分たちに箔をつけようとした。その際、盛んに用いられたのが、ナチスのシンボルだったトーテンコップだったのだ。

その後、バイカーズ、ロッカーズから現代のロック系ストリートスタイルまで続く長い道のりについては、拙著『ストリート・トラッド』をご覧いただきたい。

つまり、スカル柄は確かにイメージが悪いかもしれないけど、そこを逆手に取ったアンチファッションの典型なんだから、イキってなんぼの世界なのだ。
それこそ色気づいた中学生みたいに、なんでも"モテる、モテない"で決めようとする方が気持ち悪いんじゃ！　ナメンナヨ！　ふーっ!!

まあ、意外とこれでモテたらもうけもんだけど。

Skull

スカル柄こそ典型的なアンチファッション。
女ウケなんて気にするな！

date : 2019.5.9

Tattoo

タトゥーは是か否か〜
この論争に、そろそろ決着をつけようじゃないか

date : 2019.5.21

タトゥーは、ファッションの撮影現場やパンクバンドのライブに行けば珍しくもないし、僕自身は「かっこいいな」としか思わない。でも日本では昔から粋なものという捉え方がある一方、アウトローの風俗というイメージが根強く、一般にはなかなか受け入れられないことはご存じの通りだ。

1990年代に青春時代を過ごしたグリズリー世代は、タトゥーに対して偏見が強くないのかもしれない。この時期、海外から急速にタトゥー文化が流入し、ファッションとして入れる若者が増えた。当時、僕が籍を置いていたファッション誌でも、タトゥーの特集を組んだりしたものだ。

そういえば、僕が直接担当したのではないけれど、その雑誌でタトゥーの実践記事をつくったときのこと。
体験モデルは外部スタッフMさんが責任を持って連れてくるということだったのに、来たのは保護者の同意がない未成年だったのだそうだ。
「どうすんのこれ!?」という空気を察したMさんは男気を見せ、「代わりに僕が入れます! 前からやりたかったんです」と宣言。なぜか可愛らしいイルカのワンポイントタトゥーを、泣きそうな顔をしながら彫られちゃったのだ。Mさんとあのイルカのタトゥー、今頃どうしてるかな?

青春とタトゥーが
違和感なくつながっていた90年代

1990年代はグランジからヘヴィ／ラウドロック、そしてメロコアへと流れるアメリカの西海岸ロックカルチャーが、世界の若者を虜にした時代。西海岸系のアーティストやそのファンにはタトゥー愛好家が多く、夏場のライブ会場に行くと、肌を色とりどりに飾った若者が、健康的な汗をいっぱいかきながらモッシュしまくっていたものだ。青春とタトゥーが違和感なくつながっていたあの時代。バブルは弾けたものの、若者はまだまだ元気で、やけっぱちではっちゃけたユースカルチャーがあった気がする。まあ今でもYouTubeとかハロウィンの渋谷なんかを見ると、馬鹿な若者が大活躍しているから、僕は「いいぞー! もっとやれやれー!」と応援しているんだけど。

僕も90年代は20代の若者だったけど、タトゥーを入れたいとは思わなかった。だって絶対キャラに合わないし、それに何よりイタイのキライだもん。
1990年代後半から2000年代にかけては、ニューヨークのゲイコミュニティの人たちに端を発したヒップスターカルチャーが勢いづき、形を変えつつも日本に伝わってきた。ヒゲやサングラス、チェックシャツなどとともにヒップスターの象徴だったのが、二の

腕に施した派手なタトゥーだった。

こうした海外由来のタトゥーは、仄暗さや後ろめたさのほとんどない明るいカルチャーだった。そういうつもりでタトゥーを入れた人と、日本古来からのモンモン＝ヤバいという意識を持つ人がかみ合わず、現在も変なことになっているのは明らかだ。もっとも、西海岸ロック系やヒップスター系タトゥーの流行が終わったあと、日本に残ったのは"イカツイ系"だらけという側面も確かにあるのだが。

それにしても、海外からの旅行者がどんどん増えている今の日本（2019年5月現在）。温泉やプールでも徐々にその受け

入れ方が議論されているようだけど、果たしてどんな結論が出るのかな？

ところで三年ほど前、ツイッターから盛りあがり、局地的ブームになったアイテムがあった。"タトゥーアームカバー"だ。ストッキング素材でできたそれは、基本的には日焼け防止用だけど、実際に腕につけてみると想像以上に本物そっくりになる。車のあおり運転に対抗できるグッズとして紹介されたが、使い方は説明するまでもないだろう。

面白そうなので僕も買ってみたものの、あまりにも本物っぽくて怖いので、外では一回も使っていない。

西武池袋線沿線の家庭で育った僕は、華やかなりし頃の西武セゾンカルチャー真っただ中、堤清二の手のひらの上で、孫悟空のようにひたすらウロチョロしながら成長した感がある。無印良品について考えてみよう。

1980年から出店をはじめた無印良品を、僕の両親はかなり気に入っていたようだ。池袋の西武百貨店や地元・ひばりヶ丘西友内のショップで、いつもなんやかやと買い物をしていた。
中学生のとき、新しい自転車が欲しいと僕が要求したときも、なかば強引に無印良品へ連れていかれ、真っ白な自転車を買わされた。

何も装飾のない無印の自転車は、今考えるとオシャレだけど、当時の僕はとても不満だったし恥ずかしかった。
子供の感覚なので確かではないかもしれないが、1980年代初頭の無印良品はどちらかというと、西友の中にある地味な安物の店というイメージが強かったのだ。
ただ真っ白いだけのその自転車を、僕はイヤイヤ使っていた。

無印良品は西武セゾンの
領袖が自己否定のために
つくった店だった

ところがその後、無印良品はあざやかなブランディング戦略が功を奏し、オシャレなイメージが定着していく。MUJIブランドは海外にも進出して成功を収め、現在も意識の高い人向けのワールドワイドなおしゃれライフスタイルブランドとして君臨しているのは周知の事実だ。

今の僕は、よく無印良品へ買い物に行く。セゾングループ崩壊後は独立独歩のブランドになっているが、なんとなく昔なじみのカルチャーの名残を感じて居心地がいいし、オーガニックで清潔な商品を眺めているだけで気分がよくなってくる。

そしてあらゆるライフスタイル商品を網羅する大型店でゆっくりショッピングし、MUJIカフェでお茶などしていると妙な妄想がわいてくる。
資本主義と共産主義が競い合いの末、もし共産主義が勝って豊かになっていたら、世界はこんな風になっていたんじゃないか。無印良品ワールドは、理想社会の仮想現実なんじゃないかと。

馬鹿みたいに聞こえるかもしれないが、先日読んだ堤清二の評伝『セゾン 堤清二が見た未来』(鈴木哲也　日経BP社)によると、その感覚はあながち見当違いでもないようだ。
資本家の家に生まれながら学生運動に身を投じ、共産党への入党経験も持つ堤清二は、社内で無印良品のことを"反体制商品"と呼んでいたそうだ。
みずからが西武百貨店やパルコでつくった消費の流れに疑問を持ったことから立ち上げた、自己否定の産物だったのだ。

さすが、カッチョいいなーと、セゾンカルチャーに育てられた単純な僕は感心する。

ところで僕の真っ白なムジルシ号、その後どうなったかというと、結局、高校時代も毎日の通学に使い、大学を卒業する頃までずっと乗っていた。
最初は気に入っていなかったので手荒に扱い、あっという間に薄汚れてボロボロな外見になったのだが、ある時点でパンクに目覚めて変なスイッチが入った僕は、「あれ？　これはこれでなんかいいぞ」と思ったのである。
白い車体はキャンバスのようだったので、ペンやスプレーでいろいろと落書きしたり、ステッカーを貼りまくったりして、なかなか面白かった。

無印の自転車、また買ってみようかな。

SPIRITS #011

Revolution

革命家がつくった無印良品という店に、
理想社会の幻影を見た？

date : 2019.5.29

Summer Festival

画一的で保守的になってしまった
夏フェスファッションはいかがなものだろうか

もうすぐ夏フェスシーズンがやってくる。スキーリゾート地である苗場で開かれるフジロックフェスティバルをはじめ、天候の変わりやすい山の中、あるいは強い日差しと風にさらされる海浜会場で、昼夜を通して開かれるロックフェスティバルは、"夏フェスファッション"という独特の服装文化を生んだ。

基本スタイルは、バンドTシャツにショートパンツ、虫や日焼け対策のスパッツ、スニーカーかトレッキングシューズ、つばの広いハットにサングラス、そしてリュックかウエストバッグの斜め掛け、首にタオルをぶら下げればいっちょあがり。加えて突然の雨に備え、長靴やレインウェアも必須だ。

これは、1990年代中頃の夏フェス黎明期から時間をかけて我々グリズリー世代が導き出してきたひとつの正解である。僕も第一回フジロックから、たびたび夏フェスに参加しているので、そうしたアイテムは一通り揃っている。

でも今、「本当にそれでいいんですかねえ!?」と問いたいのだ。

特に若い子たちは何も考えず、シーズンが近づくと雑誌やウェブメディアで組まれる、"初めての夏フェス"特集を参考に、我々が苦労して編み出した夏フェスファッションを踏襲する。そうして、安易で無難な画一的ファッションで会場は埋め尽くされるのだ。
揃いも揃って同じ格好で声を合わせて「ヒュー、イエーイ」なんて、それでもロックなのかね?

機能性を優先すると、
みんなと同じになってしまうのは
わかるが……

そういうのがイヤで夏フェスに行くのを躊躇している人もいると思う。実際、どのバンドを観に行っても、夜のクラブタイムでも、周りはおんなじ格好ばっかでなんだか萎えるんだよね。

でも機能性を優先すると、みんなと同じになりがちなのも知っている。

何年か前、裸足にサンダルでフジロックに参加した僕は、好きなバンドでつい前方のモッシュピットに突っ込んでいき、見事に足の小指の生爪を剥がして救護所に駆け込んだ。荷物が増えるのがイヤで雨具をいっさい持っていかなかった年は、一瞬の豪雨でパンツまでビショビショになり、車へ戻って着替えていたら目当てのバンドの冒頭を見逃した。タオルを巻かずに炎天下で一日中過ごしたため、うなじが焼け焦げた年もあった。

郷に入っては郷に従えともいうし、狙いすぎや場違いすぎるファッションもよくない。
今年もまた、どこかの夏フェスには参戦するつもりだけど、ちょうどいい塩梅で納得できるオレ流夏フェスファッションはないものかと模索中なのだ。

SPIRITS #013

Tools

ロマンあふれる大人の男の道具～
オイルライター、シガレットケース、スキットル

date : 2019.6.28

喫煙や飲酒の道具にはロマンがある。

かつて大人になりかけの蒼き日——高校生くらいの頃に、映画とかで見て憧れた大人の象徴三大アイテムがあった。

オイルライター、シガレットケース、そしてスキットルだ。

20歳になったら、ひとつずつ攻略していこうと思っていた。

でも最初にあきらめたのはスキットル。

なんと僕は下戸だったのだ。スキットルを常に携帯するような体質には生まれついていなかった。

タバコは好きだったので、オイルライターを買うことにした。その頃の大学生が100円ライターを卒業すると、まず狙うのはジッポーだった。ジッポーは確かにかっこいい。カチンと開けてシュボッとつける一連の動作は、慣れるとすごくサマになる。でも僕は微妙にひねくれていたので、みんなが使っているジッポーはイヤだった。誰も持っていないライターを使いたいと思ったのだ。

お金はないので、手頃な価格でかっこいいライターはないかと探し、見つけたのがオーストリアのメーカー、イムコ社のトリプレックス スーパーというものだった。

我ながらいいセンスだったと思う。すごく気に入って長く使っていたのだが、ライターというのは基本的になくすもの。いつの間にかなくしてしまい、それきりだった。

30年越しの念願だった シガレットケースを ついに買った！

シガレットケースは、イムコのライターを買ったのと同じ頃、新宿の紀伊國屋書店ビルの中にある喫煙具店で1時間くらい悩んだ末、結局買わなかった。

なんだか考えれば考えるほど、おっさんくさく思えてきたからだ。もう少し歳をとって、似合うようになってから使おうと思った。

それから30年が経過した今。

火をつけるタバコはだいぶ前にやめて、アイコス派になった。

いよいよシガレットケースが似合う歳になったのに、タバコは吸わないからなあ……と思って、ハッと気づいた。

もしかしたらアイコス用のかっこいいシガレットケースって、あるんじゃない？

さっそく検索してみると、ありました！それも喫煙具の老舗、日本が誇る下町ロケット的な町工場メーカーである坪田パールが、アイコス用シガレットケースをたくさんつくっていたのだ。

ついに30年越しの念願、シガレットケースデビューを果たした。大いに自己満足の世界だけど、めちゃくちゃ気に入っている。

ついでに、青春の思い出であるイムコのトリプレックス スーパーももう一度買ってみた。

このライターはジッポーと並ぶオイルライターの元祖のようなもの。2012年に本国のイムコ社は倒産したが、日本のメーカーがライセンスを引き継ぎ、当時と変わらぬ姿のまま製造しているという。

アイコスには不要だけど、お香や蚊取り線香、花火をつけるときに使うのだ！

こうなったらついでに、スキットルも買っちゃおうかな。

相変わらず下戸だしコーヒーさえ飲まないけど、麦茶やカルピスでも入れるのだ！

……いや、無駄遣いはやめよう。

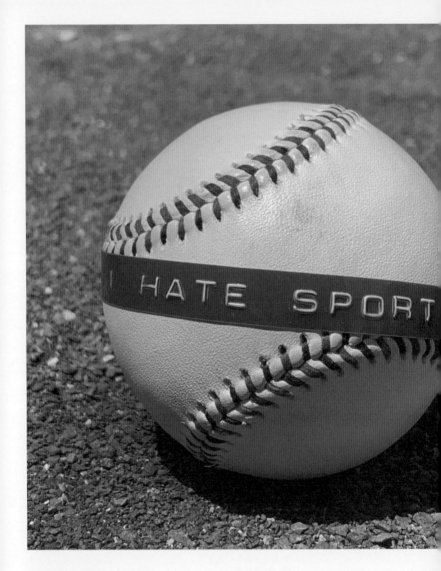

SPIRITS #014

Sports

I Hate Sports!
野球やサッカーなんて、クソみたいに退屈だ
（個人の見解です）

date : 2019.7.5

東京オリンピック、当選しました！ 馬事公苑でおこなわれる総合馬術のチケットだ。

でも、「僕みたいなもんが当選しちゃってすみません」と、ちょっと申し訳ない気がしている。なぜなら僕は本来、スポーツ観戦にあまり興味がないからだ。

特にプロ野球やJリーグはまったくわけがわからない。

夜のニュース番組を見ていると、アナウンサーが声のトーンを一段あげて、「さあ、お待ちかね！ プロ野球のコーナーです！」なんて言うことがあるけど、僕は「いやいや、待ってないし」とつぶやいてチャンネルを替える。

運動神経がいいわけではないけど、自分でスポーツをやるのは好きな方だ。

でもスポーツ観戦にはほとんど入れ込めない。そしてその理由もよくわかっている。プレイヤーがみんな、縁もゆかりもない赤の他人ばかりだからだ（個人の見解です。身もふたもないことを言っているって、十分わかってますよ）。

観戦系で少し関心があるスポーツを強いてあげるとすれば、大学や社会人の野球とラグビー。後輩たちがプレイする出身校のチームだったり、友人が勤める会社のチームだったりという個人的なつながりを感じられれば、多少は親身になって応援したくもなるからだ。

オリンピックやワールドカップなら興味を持てるのも同じ理屈。良くも悪くも、選手たちが背負っている日の丸が見えるから、同じ日本人としてやっぱり応援したくなる。

そういう意味で、プロ野球やJリーグはまったくクソみたいに退屈である（繰り返しますが、完全に個人の見解です。怒らないで！）。

東京で生まれ育ったということも一因かもしれない。プロスポーツは地元チームを応援するのが基本だと思うけど、東京人は日本でいちばん、地元意識が希薄だから。

サッカーとロックと
ファッションは切っても
切れない関係ではあるのだが

ブリティッシュストリートカルチャーかぶれである僕は、サッカーくらいはもう少し関心を持ってもいいのかなと思うこともある。1960年代のスキンヘッズからはじまり、70年代のペリーボーイズ、80年代のカジュアルズなど、英国の若者とサッカーとロックとファッションは密接な関係性を持ってきた。

でもやっぱり、僕自身はどうしてもサッカーに興味が持てなかった。

1980年代から活動していたアメリカのハードコアパンクバンド、7Secondsに『I Hate Sports』というタイトルの曲がある。

「I hate watching football games, baseball is so fuckin' lame.
I hate sports, I hate sports.I hate sports, I hate sports.」（※）

俺はサッカーの試合なんて観たくないし、野球はクソみたいに退屈だ
スポーツが嫌いだ嫌いだ嫌いだ嫌いだ

……まあ、何もそこまで言うこともないだろうにと思う一方で、「わかるな～」とも思う。

一生興味を持つことはないでしょうね、ここまで来たら。

Carabiner

男がつい不要不急のカラビナを 買ってしまう理由

date : 2019.7.8

自分だけの異常行動でも異常性癖でもないと思うんだけど、なんだかすごくカラビナが好きだ。

アウトドアショップやホームセンターへ行くと、目的の物そっちのけでカラビナ売り場に吸い寄せられていることがある。
様々な形や大きさのカラビナを端から吟味し、これだと思う一本を握っていつの間にかレジへ……。
正直、その間の記憶は曖昧だ。
一本また一本と増えていったカラビナが、家の中には大量に存在している。たぶん、一生カラビナには困らないはずだ。

我々グリズリー世代が子供の頃、カラビナというものはなかった。
正確に言えば、登山の世界や工事現場では昔から普通に使われてきたものだけど、一般人の日常の道具ではなかったのだ。
それがいつの頃からか、山登りや工事以外にも様々な用途に使われるようになった。本物の実用品ゆえの、プロスペックな機能美が男心をくすぐり、ここまで普及したのだと思う。

シンプルゆえの汎用性が、 カラビナの最大の 魅力なのだ

汎用性のあるカラビナはとても便利な道具だ。
僕の場合、カギ束をズボンのベルトループに引っかけるのが基本の使用法。車に乗るときには小さなカラビナで車のリモコンキーを追加する。

犬の散歩のときは、ペットボトルやビニール袋などのウンチグッズをカラビナで伸縮リードにぶら下げる。
自分が飲むためのペットボトルも、カラビナでリュックのストラップにぶら下げる。

ダイヤル式のカギ付きカラビナも便利。自転車に乗るときや旅行のときはこれを一本携えていく。

マジ登山用の太いカラビナは、スーパーでまとまった買い物をするときに持っていく。手に食い込む重いレジ袋の持ち手にカラビナを引っかけ、ハンドルがわりにするのだ。

数あるマイカラビナの中でいちばんのお気に入りは、工業製品然としたシンプルで無骨な一本。ステンレス製でメーカー名の記載はなく、「PK-5SUS」とロットナンバーらしきものだけが刻印されている。
この渋さ、わかっていただけるだろうか。

一生分のカラビナを持っているけど、またホームセンターかアウトドアショップに行ったら、いつの間にかカラビナコーナーの前に立っているのだろう。
便利な使い方をあれこれと考えながら、最高のカラビナを見つけ出すのは、大人の男の極めて小規模な楽しみなのである。

Army Spoon

じいちゃんのアーミースプーンから、
戦争と人の生き方について考える

date : 2019.7.31

我が家には、「U.S.」の刻印が入った1本のスプーンがある。
ステンレス製のアメリカ軍用食器である。

検索してみるとまったく同じ仕様のものが、米軍払い下げ品として販売されている。
新品もあればヴィンテージとされているものもあるが、何十年もまったくデザインが変わっていないので、両者は見分けがつきにくい。

サープラスのヴィンテージグッズはよく偽物が出回る。ベトナム戦争で"米軍兵士が使っていた実物"として販売されているジッポーなんか、ほとんどが怪しいと聞く。
でも我が家のアーミースプーンは、正真正銘のヴィンテージ。第二次世界大戦当時に使われていたものだ。

なぜならこれは、フィリピンに出征し終戦とともに捕虜となった祖父が、二年間の抑留生活で使用していたものだからだ。
祖父はもうとっくに天国に行ったが、家でもずっとこのスプーンを使っていた。そして数年前、妻が僕の実家の引き出しから見つけ、「これ、かっこいいね。もらっていい?」と持ち帰ってきたのだ。

何も知らなかった妻にスプーンのバックグラウンドを話したら驚いていたけど、今は普通にサラダの取り分け用にしている。
あまりにも普通に使っているのでほとんど忘れているが、8月に入ると、「あ、そうだった」と思い出すのだ。

"じいちゃんのスプーン"は、次の世代にも引き継いでもらう予定

戦地に駆り出された祖父母の代はもう誰もいない。
子供時代に内地で戦争を体験している父母の代も、だんだん少なくなってきた。
僕自身は小さい頃、池袋の路上で白い装束の傷痍軍人を見たりして、戦争の残り香をかすかに嗅いだことがある世代。

そして僕の子供はどうだろう?
今の子にとって、かつてアメリカ人と日本人が殺し合いをしていたなんて、SFみたいな話に思えて当然だ。
だから、このスプーンを大事にしている。

いずれ娘には、"ひいおじいちゃんが、米軍からもらったスプーン"といういわくとともに、嫁入り道具のひとつとして持っていってもらおうと思っている。
生きて虜囚の辱めを受けず、などと勇ましいことを考えず、激戦地で最後まで生き延びて家族のもとに帰ってきたじいちゃんのスプーンから、戦争や人の生き方について、1ミリでも何か感じてもらえたらいいなと思うのだ。

Barefoot

裸足シューズ～真夏だけは、
誰もが石田純一化を許されるべきなのだ

date : 2019.8.16

季節の中で、真夏がいちばん好きだ。でも日本の真夏は意外と短く、あっという間に駆け抜けていってしまう。
そんな儚い真夏の気分を盛りあげるため、短期間だけ履きたくなる特別な靴がある。
ぺったんこソールで軽い素材の、リゾート系スリッポンだ。

最近の僕が愛用しているのは、ナチュラルワールドのデッキシューズ。
ナチュラルワールドというのは、スペインの新興シューズブランドだ。その名の通りエシカルでサステナブルな靴づくりを目指していて、すべての靴のアッパーに使われるのはオーガニックコットンのキャンバス素材。
ソールは自然に還りやすい天然ゴムを使用、染料は自然素材にこだわり、梱包用のダンボール箱も再生紙という徹底ぶりだ。

一点一点ハンドメイドし、ウォッシュ加工を施しているので、まったく同じ品は二つとないナチュラルワールドのシューズ。新品のときからくたっとした使用感と色ムラがあり、自然と足になじむのがいいところ。
値段も数千円と、懐に優しいのがさらにいいところだ。

毎日のケアさえ怠らなければ、裸足で履いても大丈夫

この靴は、Tシャツ&ショートパンツに合わせるのがいちばんだ。
そして裸足で履くのが理想。
裸足で靴を履くと、どんなイケメンの足でもどんな美女の足でもいずれ必ずくさくなるけど、この靴に限って言えば、やっぱり靴下は似合わない。
サンダルやエスパドリーユのような、軽～い履き方をするべきなのだ。

出番は盛夏の間だけ。
だから僕は毎日きちんとスプレーしながら履き、少しでも気になってきたらじゃぶじゃぶ洗うことにしている。
そうすれば裸足で履いても大丈夫だ。

つまり僕だって、真夏くらいは石田純一になりたいのだ!

Hippie
Brand

ザ・ノース・フェイスは、
ヒッピーに愛されたカルチャー派のブランドだった

date : 2019.9.2

少しでも秋が近づくと、アウトドアウェアが気になってくる。
サブカル最優先の僕にとって、服は文化そのものだ。だから、アウトドア系の服を着る際も、そのバックにあるカルチャー的なうんちくをほじくり返したくなる。今回はザ・ノース・フェイスについて、ちょっと考えちゃおっかな。

ファッションとは無縁の道具そのものだった頃、アウトドアマン以外で機能的ウェアに目をつけた最初の若者は、1960年代のヒッピーだった。
薄汚れた文明社会と決別してナチュラルに生きることを志し、自給自足の半野宿生活を推奨したのがヒッピーだ。

1966年、ヒッピーの前身であるビートジェネレーションゆかりの地、カリフォルニア・バークレーでオープンした最初のザ・ノース・フェイスストアの店内には、ボブ・ディランのポスターが貼られていた。
オープニングイベントでは、ヒッピーの間で人気が急上昇していた地元カリフォルニアのサイケデリックバンド、グレイトフル・デッドが演奏したという。

つまりザ・ノース・フェイスというのは、ヒッピーの生活を支援するバリバリの"カウンターカルチャー派"としてスタートしたブランドなのだ。

ヒッピー全盛期の1968年頃から、アメリカではアウトドアウェアを選択する若者がさらに増える。
1970年代に入ると、ベトナム戦争から帰還した多くの若者がアウトドアウェアに身を包み、バックパックを担いで旅に出る。
彼らのスタイルが伝わり、1970年代後半には世界中の街なかでアウトドアウェアが着られるようになる。"ヘビーデューティー"と呼ばれる流行として、市民権を得たのだ。

カヤック転覆事故で、
パタゴニアの湖に散った
ザ・ノース・フェイス創業者

それから数十年の時を経た2015年12月8日。
チリ南部パタゴニア地方のヘネラル・カレーラ湖で、一艘のカヤックが強風にあおられて転覆、乗っていた72歳の男性が帰らぬ人となった。
その人の名はダグラス・トンプキンズ。
ザ・ノース・フェイスを創業し、1968年に会社を売却したあとは、ほかのアパレルブランドを運営しながら世界中を冒険した人物だ。

転覆したカヤックにはほかにも複数の人が乗っていて、彼の親友である、アウトドアブランド・パタゴニアの創業者、イヴォン・シュイナードもその一人だった（ダグラス以外は救助された）。
旧知の仲であるダグラスとイヴォンが、最後の瞬間までともに冒険していたというニュースは、世界中のアウトドアファンに、悲しみとともに一種の感慨をもたらした。

創業初期からダグラスが掲げた、ザ・ノース・フェイスの姿勢を示す有名なメッセージ「Never Stop Exploring＝探検をやめてはいけない」。
パタゴニアの湖は、まさに彼の人生における探検の途上だったのだろう。

……とまあ、こんなことを頭に入れつつ袖を通すザ・ノース・フェイスの服は、また格別の味わいなのである。

Gestaltzerfall

ファッションにおける
ゲシュタルト崩壊について考えていたら頭が混乱してきた

date : 2019.11.25

よく知られたゲシュタルト崩壊の例は、同じ文字をずっと見ていると全体的な印象が崩れ、「あれ？　この字ってこんな形だったっけ？」と思ってしまうというもの。

「貯」とか「借」とか「若」とか「あ」とか「を」とか「ふ」とか、ゲシュタルト崩壊が起こりやすい文字があり、「借借」と手で書きつづけると、頭が混乱してくるものだ。

文字だけに限らず、人の顔や幾何学図形など視覚的なもののほか、音楽などの聴覚、触り心地などの皮膚感覚、そのほか何でも脳で認知する事象にはゲシュタルト崩壊の可能性が秘められている。

認知機能のクセのようなものなので、起こりやすい人と起こりにくい人がいると思うが、僕は比較的、起こりやすい方なのではないかと思っている。

歌人の穂村弘もゲシュタルト崩壊しやすい人のようで、「ゾウやキリンやヘビの形って、これであっていたっけ？　まるで空想上の生き物じゃないか」とか「メガネって、三点保持機構だけで顔にはりついているのは絶対におかしい」などと思ってしまうことを、エッセイに書いている。僕も本当にそう思う。

美容院で切られていくおのれの髪をじっと見ていると「頭から無数に生えているこの糸状の黒い物質はなんだ？　気持ち悪い!!」と思ってしまうし、鏡で唇を見ていると「本来は体の内側にあるはずの部分が、こんなに外に出てしまって……。恥ずかしい!!」という気がしてくる。

ゲシュタルト崩壊が起こる前に、あれこれ考えず楽しむのがファッションの本質なのか

ファッションもゲシュタルト崩壊が起こりやすいもの。

基本的なアイテムや機構でいっても、スーツやネクタイやベルトや襟やジッパーなどなど、疑いはじめたらキリがない。

ゲシュタルト崩壊が起こる前に、あるいは崩壊を乗り越えて、「これでいいのだ」「やっぱりこれがかっこいいのだ」と思い込むことで、ファッションは成立してきたのだろう。

コアなファッション人は、ゲシュタルト崩壊への耐性が強いのかもしれない。

毎年のコレクションで発表されるモード系の服なんて、ゲシュタルト崩壊を待たずして、頭の中が??になるし、そういうコレクションを基に決まる毎年のトレンドも、考えはじめると「なんじゃそりゃ？」というものばかりだ。

そもそも僕はモード系の服にほとんど興味がなく、ごく定番の服や、ワーク・スポーツ・アウトドア系などの実用着から発展した服が好き。それは、ゲシュタルト崩壊しやすい脳のクセによるものなのかもしれない。

なーんて余計なことを考えていたら、どんどんドツボにハマってしまう。

ゲシュタルト崩壊が起こる前に、ファッションは楽しむに限るのだろう。

こんなことを書こうと思ったのは、愛用のタッセルローファーのフサフサとポンポンをじっと見ていたら、気が狂いそうになってきたからなのだ。

Big Mac

ビッグマック好きの50歳男性は、食に対するリテラシーが低いのか

date : 2020.1.8

食に対する関心やリテラシーは、50歳男性の平均よりかなり低いのかもしれない。

確かに味オンチではあるが、ネガティブではないと思っている。何しろ、口に入るたいがいのものは美味しいと感じるタイプなのだから。

グルメな人に「好きな食べ物は何ですか?」と聞かれると「肉!」と即答する。

相手はやや頬を引きつらせつつ「ほぉ、どんな肉が?」と重ねて聞いてくるので、「肉であればまあ、なんでも。強いて言えば脂が好きですが、質より量ですかねー」と答えると、相手は(ああ、かわいそうな人なんだな)という顔をする。

妻がつくってくれた料理を黙々と、あるいはうまいうまいと食べていると、妻があとから一口食べ、「ええー、ぜんぜん味が薄かった。ごめんごめん」と言いながら調味料をちょい追加する。

すると確かに少しうまくなったかな? とは思うのだが、別に元のままでも問題ないがなあと心の中で思う。

妻はそんな僕のことを、馬鹿と思っているのか張り合いがないと思っているのか、はたまた与しやすしと思っているのか、よくわからない。

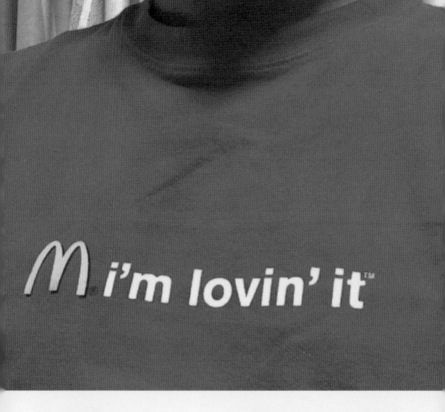

私のお墓の前には
ビッグマックとコカ・コーラと
スマイルを供えてください

そんなわけで、世のグルメ情報には関心がない。
仕事がらみで最高級のお店に行けば、ちゃんと
美味しいと思うし感動もするのだが、翌日のお昼
はマクドナルドのビッグマックを「ああ、やっぱりう
まい」と頬張っているのだ。
そう、僕にとっては最高級の寿司屋もマクドナルド
もほぼ同一線上にある。
ホント、なんかすみません。

しかしこの歳になると、「マクドナルド大好き!
I'm lovin' it!」とあまり大きな声で言えないのが
辛い。
なんだか意識が低い人に見られるんじゃないかと
心配なのだ。
ここで大々的に発表してたら世話ないんだけど。

僕は編集者あるいはライターとして、健康・家庭
医学ものも得意ジャンルにしているし、ファストフー
ドの健康的デメリットはよくわかっているつもりだ。
だから以前と比べたらだいぶ自制はしているが、
「週に一回くらいいいでしょ」と自分を納得させ、
いそいそとマックへ向かう。
いちばん好きなのはビッグマック、次点はフィレオ
フィッシュ。これは高校生の頃から変わらない。

そんなにハンバーガーが好きなら、もっといい店
に行けば? とも言われる。グルメバーガーも美味
しいと思うけど、気軽さ、それに店内の自由な雰
囲気も含めてやっぱりマクドナルド派なのだ。

娘よ。
将来、私のお墓の前にはビッグマックとコカ・コー
ラ(ゼロじゃない方)とスマイル(¥0)を供えてくれ
たまえ。

White Shirt

ギャルソンの白シャツを
かっこよく着こなせる男になりたかった！

date : 2020.6.1

本当にかっこいいのは、シンプルな白いシャツを着こなす男……。
なあんてイケメンなことを口走る輩がいますが、それはおおむね合っていると思う。
やっぱり白シャツは基本です。

個人的な"タイムレスな逸品—シャツ編—"というテーマが与えられたら、どんなものが思い浮かぶだろうか？
モッズやスキンズといった往年のブリティッシュカルチャー好きな僕はまず、フレッドペリーのライン入りポロやベンシャーマンのチェック柄ボタンダウンなどのオーセンティックなシャツを思い出す。
そしてクローゼットの中を改めて見て思ったのが、このコム・デ・ギャルソンの白シャツもそのひとつだなあということ。

世代的に、ギャルソンは常に一目置くべき特別なブランドでありつづけてきた。
高校時代、財布を握りしめて一大決心をし、吉祥寺パルコで胸に「GARCONS」とプリントされたロゴTを買ったのが、最初のギャルソン体験だった。
以来なんだかんだと、ここ一番のときには東京・青山のショップを訪れた。

30代の一時期ちょっと遠ざかったのは、僕が当時編集長をやっていた若い男性向けファッション誌にギャルソンが服を貸してくれなかったからだ。
マスコミ業界用語で"媒体選択"というやつでよくある話だけど、ブランド側はイメージに合わない雑誌には貸し出しを拒否する。
僕のつくっていた雑誌は確かにガチャガチャした雰囲気だったけど、よく見てもらったら一本筋が通っているとわかってもらえたはずなのに。それに、編集長自身がこんなに好きなのに。
悔しさの反動で、「ギャルソンなんかクソだ！」と恨んでしまったわけだ。一瞬だけね。

気に入って長年着込んだ
白シャツの宿命は
襟ぐりの黄ばみ汚れだが

でもやっぱり、すっかりおっさんになった今でも、好きなんだなこれが。
この白シャツは、いつ買ったものかも忘れたが、少なくとも10年以上は経っている。
僕の好きなUKカルチャーの匂いを感じるようなものではないし、なんの変哲もない形に見えるけど、やっぱり袖を通してみると「さすがギャルソン！」と思うんだよね。
言葉ではうまく説明できなくて、もどかしいけども。

どんな服にもさらっと合わせられるので、コンスタントに着つづけてきたギャルソンの白シャツ。
僕にとっては本当にタイムレスなスタンダードだが、長年着た真っ白シャツの宿命として、襟ぐりに洗濯では落ちない黄ばみが出てきていて、そろそろサヨナラなのかもしれない。
毎日、適当なカジュアルスタイルで過ごす僕には、白シャツは一枚あれば十分。
これがダメになったら、次はどこのにしようかな。
またギャルソンかな。

Official Subculture Oyaji Handbook

‹検索

I Am The Resurrection
The Stone Roses

君が僕を知ってる
RCサクセション

俺たちの明日
エレファントカシマシ

Surfin' Bird
ラモーンズ

世界のまん中(リマスター・…
THE BLUE HEARTS

My Generation (2014 Stere…
ザ・フー

Teenage Kicks
The Undertones

(Nuxx) [Radio E…

Chapter Three

LIFE&HOBBY

自分で言うのもなんだが、まあまあそれなりのレベルの学校を卒業しているので、周りの友人を見渡せば、バブル崩壊期に就職して"失われたウン十年"と称されるこの日本社会で働きながらもしっかり身を立て、ガッポガポ稼いで富裕層と呼ばれる領域に踏み込んでいるヤツもいる。

そんな友を見ると、「ああ俺もあのとき経済を勉強して、外資系投資銀行かコンサル会社にでも就職していれば」「いや中学時代の偏差値を維持していたら、医学部も目指せたのでは」「せめて出版業界に早いとこ見切りをつけ、ITビジネスでもはじめていたらな」と思わなくもない。そんな才覚ないくせに。

しかし同時にまた、好きな物ごとに思う存分囲まれ、好きな本をつくり、好きな文章を書いて曲がりなりにも生計を立てられて

いるのだから、こんな人生も悪くはないぞと思い直したりする。

世のなか金じゃない！

そりゃあ、金はあったほうがいいけど。

ああ、金さえあれば……。

いや、そういうことじゃないのだ！　だいたい、学問や芸術や音楽と並び、文筆に携わる仕事をしているヤツなんて、たいして儲からないと、昔から相場が決まっているのだ。

などと愚痴っぽく言ってますが、それは半分冗談であり、僕は今の自分の日々の生活に満足しているし楽しんでいる。

"好き"について、はっきりした物差しを持っているからかもしれない。金があったらあったで、もっと立派な物差しが持てるのかもしれないが……。まあ、考えまい。

Golf

ゴルフ～もらいものとユニクロで決めて
臨んだ初ラウンドで正解が見えた!?

date : 2019.4.3

思うところがあり、今年からゴルフをはじめた。クラブセットは友人からおさがりを
もらって揃え、次の問題はウェアだ。
何事も形からと思っているが、50がらみのおっさんが着るような、いかにもなゴ
ルフオヤジファッションは御免だ。まあ、実際50がらみのおっさんなのだが。

ゴルフ雑誌を見ると、最近はオシャレなウェアがたくさん出ていることがわかった。
でも、そういうものに飛びつくほど浅はかではいけない。どんなことにもその世界
の流儀がある。素人目にはかっこよく見えても、通の間ではダサいと思われてい
る服もあるはずだ。慎重にいかなければ。

そうやって悩んでいると、ゴルフ歴の長い友人が言った。
「ユニクロでいいんだよ。アダム・スコットも活躍しているし」
なんのこっちゃと思いつつ、とりあえずユニクロへ行き、ストレッチが利いたス
ポーツ用スラックスと吸水速乾性の高いポロシャツを買った。それにプーマショッ
プでスパイクとウィンドブレーカーも。

ゴルフがうまい人ほど、柔軟な解釈をしていた

そんなスタイルで固めて臨んだ初ラウンド。スコアは予想以上に散々だったので
秘密だ。形さえ整えればなんとかなるほど、ゴルフは甘くないようだ。
そして、一緒に回った友人やゴルフ場にいたほかの人のファッションを観察し、
結構なんでもありなのだということを悟った。
特にうまそうな人ほど、ゴルフとは関係ないスポーツブランドやアウトドアブラン
ドの服を上手に組み合わせて、オシャレな着こなしをしている。

よしわかった。次回はお気に入りのフレッドペリーのライン入りポロシャツと、カ
ンゴールのハンチングで決めよう。ファッションで気分を上げれば、スコアも少し
はよくなるかもしれない。

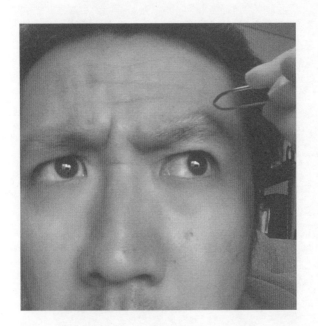

LIFE&HOBBY #002

Grooming

グルーミング〜
眉毛をキレイに整えている男はみっともない？

date : 2019.4.16

僕は今年（2019年）50歳になるが、何事も現在40代前半の人たちの感性と、それほど大きなギャップはないと思っている。でもたまに断絶を感じることがある。そのひとつがグルーミングに対する姿勢だ。

1998年の長野オリンピック。スキージャンプで大活躍し、表彰台に立った船木和喜選手の姿を見て驚いた。眉がビシッと整えられていたからだ（ちなみに僕よりひとつ年上の原田雅彦選手は、ノーマル眉だった）。

もちろんそれ以前にも男で眉を整える人たちはいた。だけどそれはツッパリ文化だった。気合の入ったツッパリは、眼光に迫力をつけるために眉を整えた。細く、吊り上げ気味に。懐かしき『ビー・バップ・ハイスクール』の世界である。

眉毛は整えるためにあるもの……なのかもしれない

でも船木選手の眉はツッパリ由来の感性によるものではなかった。

船木選手は1975年生まれだから、オリンピックの頃は20代前半の若者。そのくらいの世代は、男が眉を整えるのが当たり前になっていたのだ。甲子園でもヤンキー風ではなくナチュラルに眉を整えた高校球児が増え、イケメン率がアップしていた。

これは仮説だが、男のグルーミングに対する意識は高校時代（マセガキは中学時代）に確立され、一生変わらない。そして男のグルーミングのトレンドは、同時代の女性のトレンドに引っ張られて決まる。
僕が高校生だった1980年代後半、女性の眉はすっごく太かった。だから男も当然、ゲジゲジ眉の方が偉かった。
でもその後、女性が細眉の時代に移ると、男もいそいそと眉を整えはじめたのだ。
ここ最近の女性のトレンドはまた太めに戻っているそうだが、今の高校生男子はどうしているのかな？

僕は現在では常識となった男のグルーミングに、微妙に乗り遅れた世代だ。
でも……。
今は僕もときどき、人知れずこっそりとちょっとだけ眉を整えている。髪の勢いとは反比例して、眉毛はなぜか妙に勢いを増しているからだ。そして眉を整え、鏡に映る自分を見ると、「悪くないね」と思う。
グリズリー世代の中でも意識が分かれる眉グルーミングだが、僕のように抵抗があった人も、これからこっそりとやってみてはいかがだろう。
悪くはないはずだから。

Sharpie

シャーピー〜アメリカでは普通でも、
日本で使っているとオシャレな油性ペン

date : 2019.4.25

あまりにも知名度が高いので、商品名がそのまま一般名称のようになっているものがある。「ホチキス」はそのいい例であろう。

ちょっと調べてみたら、「エスカレーター」や「ピンポン」なども、もともとは商品（商標）名だという。
ここまでくると、もはや普通名称と化している。エスカレーターのことを自動昇降階段と言っている人を見たことがない。

アメリカでも日本と同様の商品名が通用している例が多々あるが、日本とは違うものもあって、ティッシュペーパーは「クリネックス」、そして油性ペンは「シャーピー」と呼ばれているそうだ。

このシャーピーの話がしたかったのだ。

シャーピーで書かれた
ステューシーのロゴマーク

アメリカでは油性ペンの代名詞となっているシャーピー。
1964年の発売以来、市場シェアはなんと80%、アメリカの全家庭に2本ずつはあるという計算になるほど、圧倒的寡占状態にある油性ペンなのだ。

だから、アメリカのロックスターやハリウッドスター、スポーツのスタープレイヤーがサインをするとき、必ずといっていいほどシャーピーが使われる。
ファッションの世界では、有名な「STUSSY（ステューシー）」のロゴ、あれも創業者のショーン・ステューシーがかつて、シャーピーを使って書いたものだ。

だからかっこいいのよシャーピーは。
でも日本の文具店ではあまり売ってない。
僕は日本でたまに置いてあるのを見かけると必ず買う。
海外旅行に行った際にもコンビニやスーパーで必ず買う。
だって、アメリカでは馬鹿みたいに当たり前でも、日本でさりげなく使っていると、なんだかかっこいい感じがするから。

日米間の文化ギャップを使った姑息なオシャレ詐欺だけど、まあこのくらいいいじゃんね？

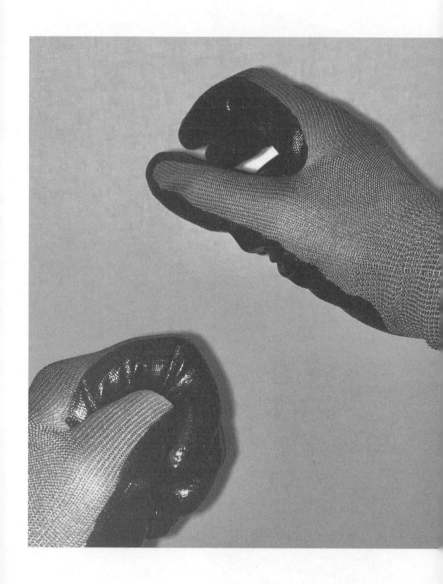

100-Yen Shop

マニアックすぎてほとんど伝わらない、大人の男の100均オシャレ術

date : 2019.5.10

最初に断っておくと、100均アイテムでちゃんとしたオシャレができるわけない。
絶対に無理だから、やめておいた方がいい。

この原稿を書くためのリサーチ、早い話がネタ探しのために大きな100均をじっくりと回ってみた。
最近の100均は、全商品が100円でなければならないという呪縛から解放され、数百円～1000円弱のものまであるから、品揃えは以前よりずっと充実している。もはや"100均"という通称もおかしいんじゃないかということだが、ややこしくなるから突っ込まない。

ファッションアイテムも帽子やベルト、靴下、サングラス、バッグ、サンダルなどいろいろあるし、デザインも頑張ってる感じはする。
だけどいくら頑張っても100均は100均で、やっぱり安っぽい。というのは当たり前なので目をつぶるとしても……。
100均に並ぶアイテムは、量産してなんぼの超マスプロダクツ。一見、今っぽいオシャレアイテムを、万人ウケを狙った当たり障りのないデザインで、どれもこれもあんまり面白くないのである。

デッド・ケネディーズ風のゴム手袋発見!! でも、これはオシャレなのか?

「全然買うものないなあ」と思って店内をグ

ルグル回っていたら、園芸コーナーでひとついいものを発見した。ゴムコーティングが施された作業用手袋だ。見つけた瞬間、「お、ちょっとビアフラっぽいじゃん」と思った。

1970年代後半から1980年代中頃にかけて活躍したアメリカ・カリフォルニアのハードコアパンクバンド、デッド・ケネディーズのボーカル、ジェロ・ビアフラのことだ。
性急なビートに乗せて政治的なメッセージを叩きつけるデッド・ケネディーズは、パンク業界の中でもカリスマ的人気を誇るバンドで、数々の伝説は今も語り継がれている。

ビアフラは活動初期、一般的なパンクファッションとは一線を画す独特のいでたちでステージに上がっていた。一時期のシンボルのひとつが、どぎつい緑色のゴム手袋だったのだ。熱のこもったステージングでシャツを脱ぎ捨て上半身裸になっても、ゴム手袋ははずさないその姿は変態的でかっこよかった。

でも、あまりに変だったのでビアフラの手袋を真似するパンクキッズは少なく、本人もいつの間にかつけなくなった。

そんなビアフラ風100均ゴム手袋。購入し、家に戻って手にはめてみて思った。
「よし、これは自転車の修理や庭仕事、日曜大工のときに使おう」
100均でオシャレするのは無理なのだ。

Fragrance

香水〜風に薫るタクティクスと
犬に好かれるポーチュガル

date : 2019.6.5

香水は好きでいろいろ持っているが、最近また2本買った。

1本は、オーセンティックなたたずまいが前から気になっていた、老舗の4711ポーチュガル。最近はわたせせいぞうの漫画を使ったキャンペーン広告を打っているけど、まさに『ハートカクテル』なイメージで、我々グリズリー世代にはピッタリだ。

そしてもう1本もだいぶ前から買ってみたいと思っていたものの、さすがに狙いすぎかなと躊躇していたブツ。今回、このコラムのネタにしようとついに買った資生堂のタクティクスだ。紡木たくの『ホットロード』や氣志團の『ワンナイト・カーニバル』で有名なあの香水。『ホットロード』では大人の事情で"タクティス"だけど。

まずタクティクスの話から。
我々世代が若かりし頃、ツッパリくん御用達だったことはご存じの通り。
今、実店舗で置いてあるところは少なく、仕方ないのでネットで買った。でも本当は、フレグランスはテスターで香りを確認してから買うべきだと思う。だって、「男らしいグリーンフローラルな香り」なんて書いてあっても、全然伝わってこないもんね。

ネットで買わざるを得なかった僕は、キツい香りだと困るので、オーデコロンよりも軽いアフターシャワーコロンを選んだ。

さっそく、「シャワーを浴びてwow wow wow コロンをたたき」(※)……。おや？意外と爽やかなフローラル系だね。その中に、ツンとスパイシーさが混ざる(個人の感想です)この香り……。嗅いだ瞬間、脳が中学の頃にトリップして、エンジェルが俺の胸を締めつけた。

部活のあと、悪系の先輩が漂わせていたやつだ。それに近所のボウリング場やゲーセンにも、この香りの人がウロウロしていた。怖いからなるべく近づかないようにしていたけど。懐かしき80年代ヤンキーワールド。う〜んノスタルジック。悪くない。

山の中を走り回った愛犬から
なぜか漂うムスクの香り

対するポーチュガルは、200年の歴史を持つオーデコロンの元祖だけに、落ち着いた大人の香り。最初は甘めの柑橘系だが、ラストノートにはムスクの香りが出てくる。これまた悪くない。

ムスクといえば、ジャコウジカの臭腺から採れる分泌物を加工した香料だ。
ちょっとここから変な話になるけど。これ書いてもいいのかな？　まあ、いいや。

ちょっと前のこと。山中の広い草地で、犬を思い切り走らせた。飼ったことがある人は知ってるでしょうが、犬ってやつ

は、人間からするとエッと思う香りがすご
く魅力的らしく、自然の中でそれを見つ
けると、首筋あたりに狂ったように擦り
つけることがある。よくやるのはミミズで、
ネコにマタタビ状態になる。

その日、うちのワンコはいたるところで
大興奮して体を地面に擦りつけていた。
「またミミズかな」と思って確認してみる
と、それは野生のシカの糞だった。
妻と娘は「やめてー！　くさいくさい」と

大騒ぎだ。僕も犬の体を嗅いでみると、
確かにくさいが、どこかで嗅いだことがあ
る匂い。
ほのかにムスクの香りだったのだ。
へ〜、日本の普通のシカにも、麝香の
成分があるんだなと妙に感心した。
ところで、ポーチュガルをつけて数時間
後、ムスクの香りが立ってくると、うち
の犬がすり寄ってきて、やたらと匂いを
嗅いでベロベロ舐めてくるんだよね。
どうしたもんだろうか。

LIFE&HOBBY #006

Rock
Collection

あなたの趣味は何ですか？
僕はそろそろ岩石を掘りたいと思ってます

date : 2019.6.7

現在、僕の趣味と言えるものは3つ。
今年はじめたゴルフと、5年前に高校の部活以来復活させた剣道、そして10代の頃から途切れることなくずっと好きな音楽鑑賞だ。
逆に、一時期はそれなりにハマったものの、最近すっかりやらなくなったのは、バイクと釣りとバンドだ。

新しい趣味をはじめるとき、知らない人の中に飛び込んでいって新しい人間関係を築けるほど社交的ではないので、昔からの知り合いや友達の中で、同好の士を見つける。
バンドと釣りは、メンバーがなかなか揃わなくなってきて途絶えた。バイクは一人でもできるが、子供が生まれてからはいろいろと制約が多くて手放してしまった。

その点、ゴルフは年齢が適しているためか、「やろっかな～」と少し呟いただけで、多くの友達から声がかかり、あっという間にゴルフ仲間に入れてもらえた。だから当分、続けるだろう。

同好の士が見つかるかどうかが心配な
化石＆鉱物採集の趣味

そして、僕には今、どうしてもはじめたい趣味がもうひとつある。鉱物や化石の採集だ。
前から興味はあったのだが、ここ最近、かなり思いが強くなってきている。そういうお年頃なのかな？

先日、思いあまってロックピックハンマーという、重さ1キロもある岩石掘削用のハンマーも買った。化石＆鉱物採集の基本必須アイテムだ。
まだ未使用だからピッカピカ。今のところ眺めたりさすったりしながら、「う～ん、かっこいい！」と思っている。

カバンはずっと前に買ったものの、街ではいまいち持つ気がしない信三郎帆布の、その名も「鉱物採集・地質調査用カバン」を使おうと決めている。これに、掘り出した石を詰めるのだ！

それにしても、この趣味は同好の士を見つけることができるかな？石掘りなんて一人でやれやと思うかもしれないが、いい石をゲットするためには、それなりに深い山に分け入る必要があり、素人の単独行は遭難の危険がマジ高そうなのだ。

とにかく、あとは仲間だけ。誰か～、一緒に岩石掘ろうぜ！

LIFE&HOBBY #007

Trolley Bag

この世にIKEAの3000円キャリーバッグよりも
いい旅行カバンなんてあるの？

date : 2019.6.18

国内でも海外でも一人で旅行をするとき、僕が愛用しているのはIKEAの「スタルッティド」。お値段約3000円のキャリーバッグだ。

素材は薄いナイロンで、使わないときには平らに折りたたんでしまうことができる。めちゃくちゃ軽量で取り回ししやすいし、容量は必要十分で機内持ち込みもできるサイズ。これ以上の旅行バッグはもう見つからないんじゃないかというほど気に入っている。

僕にとって、旅行用キャリーバッグを選ぶ際に重要視するポイントは、なんの変哲もない外見だということ。ご推察の通り、盗難対策だ。

特に海外旅行で心配なバッグ盗難を回避するために、僕は泥棒の目線になってみる。そして誰も狙いたくないバッグを持つのがいちばんの方法だという考えに至った。

このIKEAのバッグ、客観的な目でほかの人のいろいろなバッグと見比べると、あまりにもパッとしない。そりゃあ、3000円だからね。

自分が泥棒だとしたら、中身は薄汚れた洗濯物と安っぽい土産物くらいだろうと見積もり、まず狙わないだろう。だから最高なのだ。

高価なキャリーバッグには
ステッカーを貼りまくって
悪目立ちさせる

家族で旅行に行くときは荷物も多くなるので、もう少し容量の大きなキャリーバッグを持っていく。僕一人だったら、なるべくみすぼらしいバッグでいいんだけど、家人にその考えを押しつけることもできない。せっかくの楽しい旅行だから、ちょっとオシャレなバッグで行きたいよね、ということでRIMOWAを選んだ。

でもRIMOWAにも盗難対策を施してある。恥ずかしいくらいにステッカーをベタベタ貼っているのだ。泥棒にとって、人気があって同じ型が大量に出回っているRIMOWAは狙いやすいバッグだ。まあまあ高価なので中身も期待できる。

でも、このステッカーだらけで悪目立ちするRIMOWAをわざわざ狙う泥棒なんているだろうか。

そもそもキャリーバッグの中に貴重品を入れるのは間違いだけど、盗まれるといろいろ面倒くさくて旅が楽しくなっちゃうからね。

絶対に盗まれないバッグの紹介でした。

Beard

ヒゲは男が惚れる男のシンボル。
大人だったらみんなヒゲ生やそうぜ！

仕事上で許されるなら、大人の男はなるべくヒゲを生やした方がいい。ある年代以上になれば、ヒゲは絶対かっこいいと思う。

僕ら世代にとって、かつてオシャレとヒゲは無縁のものだった。大学生の頃も社会人になってからも、男はなるべくキレイにヒゲを剃るのがよしとされていたと記憶している。
ところが1990年代後半、突如ヒゲブームがやってくる。竹野内豊やドラゴンアッシュの降谷建志、浅野忠信といったオシャレ有名人がヒゲをたくわえるようになり、一般の若者の間でもトレンドになっていく。

今考えるとおそらくそれは、当時最先端カルチャーだったヒップスター＝NYのゲイコミュニティの人たちの間で発生した流行が伝播してきたものだった。ヒップスターは、まるで山男のようにあごから口周り、ほおまでつながる立派なヒゲをたくわえるのが大きな特徴だった。

そもそもヒゲというのは基本的に、昔も今も女性ウケはあまりよくない。どちらかというと自己陶酔的な男のナルシシズムの表現で、男が好む男らしさの象徴なのだ。
2002年の日韓共催サッカーW杯のとき、デヴィッド・ベッカムのスタイルが日本中の男子に大きな影響を与えたこともあったが、男が惚れたベッカムもまた、ソフトモヒカンとともに無精ヒゲがシンボルマークだった。

僕にとって憧れのヒゲは、
忌野清志郎がやっていた"ソウルパッチ"

僕も20代後半からずっとヒゲを生やしている。いくつかのスタイルを試してみたけど、自分の顔に合うのは、うっすらとしたあごヒゲのみ。ほおヒゲ

や口ヒゲは似合わないので剃るようにしていた。
あごヒゲについては、ひとつハッキリとした実利的効果もある。顔の輪郭が強調されるので、すっきり痩せた印象になるのだ。

そして今、この歳になったから試みたいヒゲスタイルがある。尊敬する忌野清志郎がずっとやっていた、下唇の下の部分だけを伸ばす"ソウルパッチ"というものだ。
1950年代にジャズトランペット奏者のディジー・ガレスピーに代表されるジャズプレイヤーとビートジェネレーションの若者、ソウルミュージシャンの間で広まったソウルパッチ。一説によると、トランペットなど管楽器の奏者がマウスピースをくわえたとき、クッションとなって唇の感覚がよくなるためにはじめたものだという。

清志郎はインタビューでこのヒゲについて聞かれ、「なんだ君は。レイ・チャールズを知らんのかね？」と答えたことがあった。最近話題になった人物でいうと、石野卓球もソウルパッチだ。

ただ、ソウルパッチはなかなか難しい。レイ・チャールズも忌野清志郎も石野卓球もかっこいいけど、下手に真似するとヤケドしてしまう。僕もこれまで何回か試したけど、どうしてもコミカルな印象になってしまうので、「もう少し歳をとって、渋くなってからだな」と封印してきた。
でも、そろそろいい年頃かなと思っているのだ。

そう。どんなスタイルにしろ、ヒゲは若い頃よりも我々グリズリー世代の方が似合うに決まっている。
だからやるなら今しかねえ！
僕は憧れのソウルパッチにするのだ！
あまりにも評判が悪かったらすぐ剃るけど。

若い頃、ましてや子供の頃にはまったく興
味がなかったのに、おっさんになってから
急に好きになったものが、誰にでもいくつ
かあると思う。
今回は、僕が年々好きになっていく"スー
スーするやつ"について考えてみたいと思う。

自分の部屋を中心に、僕は我が家の要
所要所に、愛用の"スースーするやつ"＝
メンソール系外用薬を配置していて、日常
のさりげない瞬間に使ってはスッとしている。

スースーすればどんなものでも好きだけど、
あえてこだわっている点は、なるべくオーソ
ドックスなロングセラー商品を選ぶというこ
と。メンソレータム、メンターム、タイガー
バーム、それに最近ついにキンカンにまで
手を出してしまった。
自分が生まれる前から存在するこうした老
舗商品は安心感があるし、レトロなパッケー
ジには風情が感じられる。

特にタイガーバームは大好きで、肩こりや
虫さされといった本来の目的ばかりではなく、
気分的にちょっとリラックスしたいという場
面でもよく使う。

タイガーバーム、
エレファントバーム、
そしてインヘラーがお気に入り

タイガーバームの国内販売が一時途絶え
たとき、代用品を探して見つけたメドウズ
というメーカーのエレファントバームも気に
入っている。タイガーバームと同じ系統だ
が、効き目はだいぶソフトだ。

さらに最近のマイブームは鼻から吸い込む
スースー系、インヘラー。一時期、日本で
も少し流行ったが、下火になったのち近
頃また見かけることが多くなった気がする。

2004年公開のアメリカ映画『エターナル・
サンシャイン』で、ケイト・ウィンスレット演じ
る謎の女性が、電車の中で荷物をひっか
きまわしてインヘラーを取り出し、スッスッ
と吸うシーンがある。
こういうどうでもいいシーンが記憶に残る映
画って、優れた作品が多いと思う。

脇道にそれたが、スースーするものはとっ
てもいいよねという、そもそも薄らぼんやり
とした話題なので、結論は特にない。
以上です。

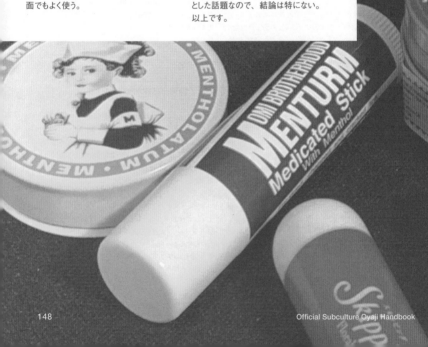

Menthol

おっさんになるとなぜ、
"スースーするやつ"が
好きになるのだろうか？

date : 2019.7.4

一家に一台あったラベルメーカー＝
ダイモのヴィンテージモデルがかっこいい

date : 2019.8.14

ダイヤル式の文字盤からひとつを選び、ハンドルをカチリと握って圧をかけ、プラテープ上に文字を浮き上がらせる。
超アナログシステムのラベルメーカー・DYMO（ダイモ）。

本来の実用的な役割は、テプラに代表される小型ワープロタイプにお株を奪われて久しいが、ダイモの独特なたたずまいや操作法、生み出されるラベルの雰囲気は、ほかに代え難い。フィルムカメラやビニールレコードにも似た、アナログの味わい深さがあるのだ。

1950年代後半にアメリカで開発されたダイモ。当時から日本でも輸入販売され、定番文具として普及したのだそうだ。
デジタル系に押されてあまり見かけなくなった時期を経て、じわじわと人気が復活。
爆発的なブームとなることはなかったものの、今でも根強く支持されている。

若い子にとって、ダイモはレトロでオシャレな雰囲気を放つ"いにしえの道具"だろう。
だが我々グリズリー世代にとっては、昔から一家に一台はあった、懐かしくもなじみ深いアイテム。

僕はこのダイモで打ったラベルの文字が好きだ。

書体も級数も選べず、物理的に打刻される文字に融通性はなく、しかも妙に字間が広い独特の文字列になったりするが、それもこれも含めて愛おしい。

アルミテープに文字を打刻できる、
フィフティーズデザインの
初代ダイモ

我が家では、M-1585という旧型（すでに廃番）を長年愛用している。
そしてもう一台、さらに旧式のものを最近ヤフオクで落札した。
いかにもレトロな、DYMO-MITEというモデルだ。

LIFE&HOBBY #010

Label Maker

実はこのDYMO-MITEシリーズ、もっとも初期型のダイモなのだそうだ。

そう言われてみるとピカピカに光る金属とか、曲線的なデザインとか、1950年代っぽい雰囲気を醸し出している。

M-1585を持っているにもかかわらずこれを買った理由はひとつ。

アルミテープに文字を打ちたかったからだ。現行品でもM-1011というアルミに打刻できるタイプはあるが値段が高く、それに道具としての雰囲気はDYMO-MITEの方が断然勝っている。

最初期型がアルミに打刻できる理由は、もともとダイモという商品が園芸用品だったから。つまり、屋外用ラベルをつくる目的で開発されたものだからなのだとか。
それを家庭用に落とし込み、プラスチック製のラベルを発売したことから、世界的なヒット商品になっていったのだそうだ。

文字を打刻したアルミテープは、ドッグタグや工業製品のようにソリッドな雰囲気で、めちゃくちゃかっこいい。
正直言えば、ラベルを貼る機会って実はそんなにないから2台も必要ないんだけど、それでも僕はこれからもずっとダイモを愛し、使い続けようと思っている。

Camper

**最適解はどこにある？
キャンピングカーに必要なもの／不要なもの**

date : 2019.8.21

お盆も終わりました。夏休み、みなさんいかが
お過ごしでしたでしょうか？
我が家はキャンピングカーをレンタルして、房総
半島をぐるりと旅行してきた。

昨今はキャンピングカーブーム。
僕もだいぶ前からその魅力にとりつかれていて、
何度かは「もういっそ買ってしまおう。なんなら
その車に住んでしまうか」と、思い詰めた。
でも置き場所や使用頻度のこと、維持費、購
入費のことを考えると、現実的ではないとあきら
め、ぐっと堪えてきた。
その代わり、チャンスがあればレンタカーで楽し
んでいるのである。

今夏3日間だけ我が愛車になったのは、「アンソ
ニー 4WD AtoZ マツダボンゴトラック」という
車種。
なんだかレッチリが聴きたくなる名前だ。
相棒・Mr.アンソニーは、これまで数回借りてき

たキャンピングカーと比べると、やや小型で取
り回しがしやすかった。

小ぶりの車種にしたのは、キャンピングカーにト
イレやシャワーは不要だと気づいたからだ。
レンタルキャンピングカーの約款では、多くの
場合、使用したトイレのタンクはキレイに処理・
洗浄して返却しなければならない。
それがイヤなので、これまでトイレ付きを借りて
も使わなかった。
たぶん、自分のキャンピングカーがあったとして
も、トイレはあまり使わないんじゃないかと思う。

**"あったらあったで便利なもの"の
裏を返せば、なくても
ほとんど大丈夫なものだ**

国内旅行の場合、アメリカやオーストラリアの
ように荒野をひたすら走るわけではない。道を
走っていればすぐにトイレを借りられる店が見つ

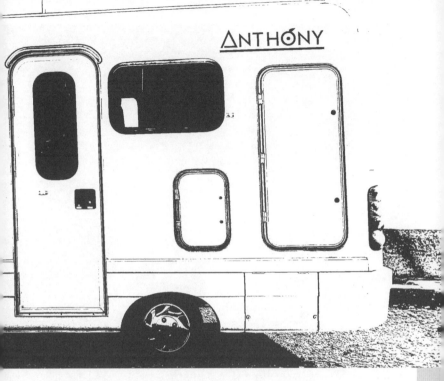

ANTHONY

かるし、たいていのRVパークや道の駅にはキ
レイな24時間トイレが完備されている。
どうしようもなくなって"野"で処理しなければなら
なくなっても、ガラガラヘビやコヨーテに襲われ
る心配はない。
つまり、自前トイレの存在意義はほとんどない
のだ。万々が一に備え、災害時などにも使え
る簡易トイレを積んでいけばOK。

そしてシャワーは、あったらあったで便利かもし
れないけど、やっぱり国内旅行の場合はほぼ
無用の長物。だって日本はどこに行っても、気
持ちいい温泉があるんだから。
毎日の旅程に温泉を組み込めば、それはそれ
でひとつ楽しみが増えることになる。

キッチン設備も小さな冷蔵庫とシンクがあれば
十分。長い旅ならいざ知らず、数日間の旅行
だったらコンロがあってもほとんど使うことはない。
アンソニーにはカセットコンロが搭載されていた

が、一度だけしか使わなかった。

たぶん、僕はいつか自分のキャンピングカーを
買うと思う。
日本の狭い山道や路地を走ること、それに燃
費や維持費を考えると、軽キャンパーというの
はひとつの選択肢だし、最近人気が高まって
いるというミニバンベースのキャンピングカーも
気になる。
キャンピングカーが欲しいと思っている貴兄も早
まらず、何回かレンタカーで試してみて、自分
の使い方に合った必要十分な設備を知るべき
だと思う。

キャンピングカー業界の回し者でもなんでもない
んだけど、こんなに楽しいものってほかにあんま
りないと思う。
日本でも、もっともっと普及すればいいのに。

LIFE&HOBBY #012

Stadium Cup

アメリカの"不良テイスト"が最高な、旅行に最適のスタジアムカップ

date : 2019.8.22

夏休み、キャンピングカーで家族旅行をした我が家。
キャンピングカー旅は日常の道具をそのまま積み込んで使えるのでラクだが、車内は揺れるし広くもないので少し工夫がいる。
特に食器は割れやすいから、プラスチック製のものを持っていくのがベターだ。

そこで、ちょっといかしたプラカップはないかと探し、見つけたのがこちら。
アメリカンホットロッドカルチャーの名キャラクター、ラット・フィンクが描かれたプラカップである。数種類のカラーバリエーションがあったので、家族3人分を色違いで購入した。

軽くて扱いやすく、スタッキングもできる優秀なこのカップ、いかにもアメリカンな雰囲気が最高だ。
"スタジアムカップ"と呼ばれるものらしいが、それもまたアメリカチックでいい！

ホットロッドカルチャーの名キャラクターは、ミッキーマウスへのアンチテーゼ

ご存じない方もいると思うので軽く説明しておくと、ラット・フィンクは、アメリカのイラストレーター兼カスタムカービルダーであるエド・ロスが、1961年に創作したキャラクター。

ビッグ・ダディとの異名を持つエド・ロスは、1950〜60年代にカリフォルニアで興ったホットロッドムーブメントのパイオニアである。
エド・ロスはラット・フィンクを、"ミッキーマウスの父親"と勝手に設定。清廉潔白・品行方正な優等生に対する、強烈な皮肉とアンチテーゼを含んだキャラなのだ。

ラット・フィンクは当時の不良少年の心をがっちりつかみ、その後も長く愛されつづけた。
誕生から半世紀以上が経過するのに、今もそのヤバそうな雰囲気はまったく色褪せない。本当にエド・ロスは天才だったのだと思う。

ラット・フィンク大好きな僕は、ディズニー大好きな我が家の小5の娘に、さりげなくこちらのカップを与えて使わせ、内心「フフ」とほくそ笑んでいるのです。

Haircut

ヘアカット1000 〜
愛想のかけらもない1000円カットが、
結局はいちばん快適なのだ

date : 2019.10.10

行きつけの美容院も理容店もない。
同じ店にはなるべく連続で行かないことに
している。

行きつけをつくらないのは、スタッフとの会
話が面倒くさいからだ。
顔なじみになるほど深く話さなければなら
ないので、常に一見さんとして当たり障り
のない会話に留めるようにしたい。
いい歳して情けないが、軽いコミュ障気味
と自覚しているのでこればかりは仕方がな
い。

フリーで仕事をしている僕が散髪に行くの
は、たいてい平日の昼間。
時間を自分の裁量でコントロールできるの
だから、わざわざ混雑している休日に行くこ
とはないのだ。

みんなが仕事をしている時間帯に、カジュ
アルな服装でふらっと現れる中年客に、ス
タッフさんは髪を切りながら十中八九こう
聞いてくる。
「今日はお休みですか〜?」
向こうは話のとっかかりと思っているんだろ
うけど、この質問がいちばん嫌いで、心
の中で小さく舌打ちしてしまう。

自分の職業は何で、どんなスタンスで働い
ているのかを説明しだすとキリがないので、
曖昧な笑顔で「ええ、まあ」と切り抜ける。

ツーブロックの刈り上げ部を
維持するだけなら、
1000円カットに勝るものはない

その点、1000円カット(正確には税込
1100円だけど)はとてもいい。
僕は、3回に2回は通りがかりの1000円
カットを利用するようにしている。

1000円カットを愛用するのは、もちろん値
段が安いこともあるけど、スタッフが無愛
想でまったく会話をふってこないからという
理由が大きい。
1000円だとあんなに愛想がなくなるという
ことは、普通の美容院や理容店の数千円
という値段の中には、シャンプーやブロー、
セット代などのほかに、"お愛想代"がかな
りの割合で加算されているのだ。
コミュ障の僕は、「それ、いらんし」と思う
のだ。

ここのところずっと、大人の男の間では
"バーバーカット"が流行っている。トップを

長めに残したまま横と後ろを均等の長さに
バリカンで刈り上げるツーブロックスタイル
だ。
この髪型、刈り上げ部をさっぱりとキープ
するのが肝心だが、手入れはとても単純
で簡単。こんな言い方は少し失礼かもしれ
ないが、1000円カットで十分なのだ。
だから僕は、ツーブロックの刈り上げ維持

は1000円カット、トップをいじったりパー
マをかけたりするときは新しい美理容店へ、
という風に使い分けている。

クドクドと書いてきたけど結論としては、誰
か中年性コミュ障を治す方法を知っている
人はいないか、ということだ。

Marshall

バンド経験者には必ずヒットする、Marshallの壁掛けキーホルダー

date : 2019.10.17

人間は二種類に分類できる。
バンドをやったことがある人とバンドをやったことがない人だ。
……という使い古されたうえに面白くもなんともないレトリックをわざわざ用いることもないが、僕も高校・大学時代、それに社会人になってからも、ヘッタクソなバンドをやっていた。

グリズリー世代の青春時代はちょうど、インディーズブームからバンドブームが巻き起こっていた頃で、バンド経験者は珍しくもない。
僕らの後の世代くらいからは、バンドに加えて猫も杓子もヒップホップダンスをはじめたし、今の時代はなんだろう？
どいつもこいつもユーチューバーだったりするのかな？

バンド仲間とは今も仲良くしているし、ことあるごとに「またバンドやろうぜ」「スタジオ入ろうぜ」と話をするのだが、アラフィフの重い腰はなかなか上がらず、最近はすっかりバンド活動から遠ざかっている。

Marshallグッズを日常的に使っていると、ロックな気分が盛りあがる

そんなバンド経験者に必ずヒットするアイテムをご紹介したい。
Jack Rackというメーカーが発売している、Marshallアンプを模した壁掛けキーホルダーだ。
アンプヘッド型のボックスにインプットジャックが4つ並んでいて、プラグ型キーホルダーにつけたカギを差して保管することができる。

デザインはかなり優秀だし、プラグの感触も本物そっくりなので、毎日カギを抜き差しするだけで、ちょっとだけロックな気分になる。

この商品、ネットで注文して届くまで、もしかしたら海賊版かな？　と思って心配だった。海賊版だったら、このコラムで紹介するわけにはいかないからね。
でも届いてみて安心した。
ちゃんとしたライセンス商品だったのだ。
Marshallさんもなかなかシャレ心のある会社だな。

Marshallといえばもうひとつ、愛用しているものがある。
ブルートゥーススピーカーだ。
こちらはMarshallが直接つくっているウーバーンというシリーズ。

僕はオーディオにはあまりこだわりがないので、これぞMarshallというルックスだけに惚れて購入したのだが、使ってみてますます惚れた。

老舗アンプメーカー製だけあって、高音から低音まで非常にいい音。
レビューを見ると、爆音だともっと高いパフォーマンスを発揮するらしいけど、家の中ではそこまで大きな音は出せない。
でも音量を絞っていても、しっかり安定した音が届くのでかなり気に入っている。

Marshallのキーホルダーとスピーカーを毎日使っ

ていればけっこう満足なのだけど、やっぱりまたバンドをやりたいな。

Healing

一人、部屋でこっそり楽しむ "変な楽器" は、ヒーリング効果抜群!?

date : 2019.12.20

生活にある程度ゆとりのあるグリズリー世代の男性は、意外な趣味を持っている人も多いことだろう。
今日は僕自身の、非常に小規模で密やかな趣味について触れてみたいと思う。いいかい、触れるぜ?

僕は "変な楽器" 好きなのです。

モンドミュージックというジャンルがある。従来、軽視あるいは無視されてきた、映画のBGMのような匿名性の高い音楽に一部のマニアが価値を見出し、その珍奇さやエキゾチシズムを楽しむ趣味だ。
僕が好きなのは、"モンド楽器" とでも呼べばいいのだろうか。
順にご紹介しよう。

まずはKORGのカオシレーター。2007年に発売されたポケットサイズのシンセサイザーだ。
つまみで音色やピッチを選択し、パッドを適当にいじくると、エレクトロな曲らしきものが簡単にできてしまう夢のような楽器。
ポケットに入れて持ち運べ、イヤホンにつなぐこともできるので、いつでもどこでも無限に触って遊べる。
実機のカオシレーターはすでに製造を終了しているが、現在は同コンセプトのものがアプリ化されているので、興味のある方は検索してみてください。

アンテナと2つの怪しいつまみがついた赤い箱はテルミンだ。
ご存じの方も多いと思うが、テルミンとは1919年にロシアで発明された世界初の電子楽器。静電気を利用し、演奏者がアンテナに手を近づけたり離したりすると、電子音の高低が変化する。
無音階で自在に上下する音は、古いホラー映画やSF映画の効果音にも使われてきた。
古くはレッド・ツェッペリンのジミー・ペイジ、我々グリズリー世代になじみのミュージシャンだとジョン・スペンサー・ブルース・エクスプロージョンやボアダムス、コーネリアス、非常階段なども演奏にたびたび用いてきたテルミン。
もちろんプロが使うものはかなり高価だが、あれは確か2000年代初頭、石橋楽器が突然、このミニテルミンを製造販売し、僕を含む変態系楽器マニアを狂喜させた。
なかなかいい音が出るので、僕は今も絶賛愛用中だ。

電子音楽系ではもうひとつ。
ごく最近コレクションに追加したのが、明和電機の名機・オタマトーンである。
その名の通りおたまじゃくしのような形状のオタマトーンは、細長いネック状の部分がパッドになっていて、指で押さえるとゴム球の中に仕込ま

れたスピーカーから電子音が鳴る仕組み。

もう片方の手でゴム球の切れ目をパクパクさせると、音量が変化してビブラートをかけられる。

ちなみに僕のオタマトーンは「招き猫」バージョン。ほかにもいろいろなデザインのものがリリースされている。

オタマトーンは慣れると簡単な曲を弾くことができる。なかなか楽しくて、暇があるとずっと触ってしまう中毒性の高い危険な楽器である。

ガジェット系から
アコースティック系まで。
変な楽器への興味は尽きない

さて、前半はガジェット系の楽器を紹介したので、後半はアナログ・アコースティック系を3点紹介しよう。

まずは口琴。

金属部分を唇に当て、指で弾くと口内で音が反響し、ビヨ〜ンビヨ〜ンという摩訶不思議な音を発する。古くからヨーロッパ〜アジア全域に広がった民族楽器で、僕が持っているのは金属製だが、竹製のものもある。

日本ではアイヌ民族が使っていたことで知られる。アイヌの竹製口琴は「ムックリ」と呼ばれる。

僕の金属製口琴は、ベトナム・モン族のもの。ベトナム語では「ダンモイ」、モン族語では「ンチャン」と呼ばれているそうだ。

次はカズー。

もともとはアフリカの民族楽器で、口にくわえて声を発すると、上部に取り付けられたフィルムが振動し、おどけたような間が抜けたような音が鳴る。

1960〜70年代にフォークミュージシャンがハーモニカとともによく用い、近年ではゆずや東京事変、山崎まさよしの楽曲でも使われているカズー。

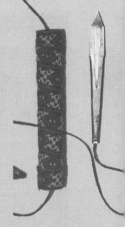

僕はRCサクセションの初期代表曲『ぼくの好きな先生』のカズーが強く印象に残っていて、カズーをくわえると、ついこの曲のイントロを演奏してしまう。

カズーは歌うように発した声がそのまま楽器音になるので、世界一簡単に演奏できる楽器と言ってもいいのではないだろうか。

そして最後はトライアングルだ。

これは、そんじょそこらのトライアングルとはちょっと違う。

ある雑誌の仕事で、日本でもっとも注目されているトライアングル作家、北山靖議さんに取材したとき、その音色に感銘を受けた。

取材後、僕は北山氏の自宅兼工房に押しかけ、その場で一本購入したのだ。

北山トライアングルは、一般的なトライアングルの「チ〜ン」という澄んだ音ではなく、「ジョリ〜ン」とでも表現すべき、なんとも幻想的な音が響く。

一本の金属を曲げ、納得のいく音に到達するまでひたすら叩きを入れる職人技でつくられているので、値段はかなり高い。

でもその音を聴いたら誰もが納得できるのではないかと思う。お聴かせできないのが残念だ。

とまあ、僕のモンド楽器コレクションから6点を紹介したが、いずれも誰かと合奏するようなものではないし、そもそも人に聴かせるものでもない。誰もいない部屋で、一人こっそり楽しむ趣味なのだ。

暗いし、家人からはいつも妙な目で見られるが、うまいこと言うなら、いずれもヒーリング効果は抜群。

楽器とは元来、そういう目的があるものだという気がする。

Buddha Machine

君は伝説の瞑想ガジェット
"ブッダマシーン"を知っているか？

date : 2020.1.13

本コラムで、一人こっそり楽しんでいる"変な楽器"たちを紹介したら、マニアックな面で分かり合える昔からの仕事仲間に、「佐藤さんならアレも持ってるでしょ。紹介しないの?」と尋ねられた。

アレというのは、"ブッダマシーン"のことである。

そのよさを言葉で表現するのは難しいし、さすがにマニアックすぎるかなと思って控えていたのだけれども、そう言われたら仕方がない。
ブッダマシーンとは、中国・北京を拠点に活動する電子音楽ユニット、FM3が開発したアンビエントサウンド再生ガジェットのことだ。

仏教圏の東南アジアに昔からある念仏機を参考にしてつくられたマシーンで、いにしえのトランジスタラジオを彷彿とさせる安っぽいプラスチック製筐体の中に、9つの短い(数秒程度)アンビエントサウンドが収録されている。オンにすると無限ループで再生され、サウンドの切り替えには側面のスイッチを使う。
陰鬱でエイジアンな雰囲気のその音を黙って聴いていると、瞑想的な心地よさで満たされていき、いつしか脳がジャブジャブと洗われて涅槃の境地に達することができる代物だ。
ね。マニアックでしょ? というか、よくわからないでしょ?

でも理解できる人には堪らない物件で、第一弾が発売された2005年にはそれなりの話題になった。
アンビエント音楽界の巨匠ブライアン・イーノが大人買いし、Ex トーキング・ヘッズのデヴィッド・バーンが著書で大絶賛するほどだったのだ。

実機の入手は難しいので、音だけでも聴きたい人はサブスクリプションで

局所的に大ヒットしたブッダマシーンは、2008年に収録サウンドを一新したうえに、再生スピードを調整できる新機能を追加した第二弾が発売された。
その後も数年おきにニューバージョンが発売されるとともに、スマホアプリバージョンも登場した。

僕が買ったのはバージョン2までだったが、2015年に発売されたバージョン5が実機では最終版のようだ。そして残念なことにアプリはすでに販売終了している。
実機は中古でもプレミア価格がつけられていることが多いので、簡単には買えないと思うけど、サウンドだけでも聴きたければ、アップルミュージックやスポティファイなどのサブスクリプションで曲として提供されているので、ぜひどうぞ。
「FM3」で検索すれば見つかるはずだ。

僕はバージョン1と2を1台ずつ持っていて、今も現役で使っている。
ブッダマシーンの筐体は各バージョンとも様々なカラーバリエーションがあった。それに同じ2台のマシーンを少し離れた場所に置き、同時に再生するとより濃厚なトリップ感が得られるという噂だったので、僕も実は各バージョン2台ずつ購入していた。

しかしこの安っぽいガジェットは壊れやすく、それぞれ1台ずつはうんともすんとも言わなくなったので捨ててしまった。どこへ修理に出せばいいのかわからなかったし。
今考えてみると、内部構造はきっと単純だから、自分で修理してみればよかったと悔やまれる。

そして、しつこいけれどブッダマシーンはとても安っぽいので、内蔵スピーカーから出てくる音は最低。
小さなボリュームでも音割れするし、ノイズもひどい。
だからイヤホンジャックからラインアウトして、いいスピーカーやヘッドホンから音を出すのが推奨されているが、僕はその最低な音質も含めて好きなので、そのまま再生する派だ。

なんだかずいぶん長く書いちゃったけど、今さらながら心配になってきた。
このコラム、需要はありますかね?

Mr.Robot

ガンダムには
まったく興味を持てなかった男が、
今も愛でるダメロボット

date : 2020.1.22

ゲッターロボにはじまり、マジンガーZ、ライディーン、コン・バトラーV、そしてガンダムへと続く、巨大ロボ&合体ロボアニメ全盛期の1970年代に小学生時代を送っているにもかかわらず、それらにまったく興味が持てなかった。

友達と話を合わせるため、放送されていた当時は一通り見ていたはずなのだが、そもそも思い入れがないのでさっぱり覚えていない。
今でも同世代の人と話していると、急にガンダムの懐かし話になり、熱い論議が交わされることがある。
そうなると僕はついていけないから、一人寂しく話が終わるのを待っている。

なぜみんなが夢中になるロボットアニメについていけなかったかというと、子供ながらに勧善懲悪ものがあまり好きではなかったことと、誰かと誰かが戦って、負けた方がぶっ壊される世界観が理解できなかったのだ。
そんなことってある？ 何が面白いの？ 世界ってそんな感じ？
と思っていた。

そんなヘタレな僕にも好きなロボットがいて、今でもフィギュアを家の本棚に飾り愛でている。
ロボコンとゴンスケとダンボーだ。

そばにいてくれるだけで癒される、
愛すべきダメロボット

ロボコンはマンガ界の巨匠、石森章太郎（のちに石ノ森章太郎に改名）が生み出したキャラクターだ。

ロボット学校から派遣され、社会勉強として人間に尽くす使命を課されたロボコンは、失敗ばかりのダメダメロボット。
とてつもないヘマをしてはガンツ先生に叱られ、0点ばかり取っている。
原作マンガはドタバタのギャグ風味で、最後はロボコンがいつも酷い目に遭わされる。
そのマンガよりも僕が好きだったのは、ハートウォーミング寄りに軌道修正されていた実写版ドラマだ。
金属製の赤いロボコンのフィギュアを見ていると、今でも胸がキュンとなる。
がんばれロボコン！ 次はきっと100点、ハートマークがもらえるぞ！

ゴンスケは藤子・F・不二雄によるSFマンガ、『21エモン』に登場するキャラクターだ。
未来の世界の経営不振ホテル、つづれ屋を舞台とするマンガで、芋ほり専用として開発されたにもかかわらずボーイとして働くゴンスケは、口も態度も悪く、お金が大好きな最低のロボット。
客が来ないホテルの部屋を勝手に芋畑に改造するなど、しょうもないことをしでかすが、主人

公の21エモンやその相棒である宇宙生物モンガーとともに宇宙旅行をするにつれ、やがて心を通わせるようになっていく。

藤子・F・不二雄は師でもある手塚治虫にならってスターシステム（マンガのキャラクターを俳優に見立て、同キャラが別作品に異なる役柄で登場する）をとっていたので、ゴンスケは『21エモン』以外にも『ウメ星デンカ』『モジャ公』『ドラえもん』など様々な藤子F作品に登場する。

人間味にあふれた、名バイプレイヤーロボットなのだ。

そしてダンボー。

こちらは、あずまきよひこのマンガ『よつばと！』に登場するキャラクターだ。

正確にいうとロボットではなく、主人公である幼児・小岩井よつばの小学生の友達が、夏休みの自由課題として製作した段ボールのハリボテ。

中に人が入って動かせるようになっているので、幼いよつばは本物のロボットと思い込む。小学生も、よつばの夢を壊さないように行動するため、珍騒動が巻き起こるといった内容だ。

作品の中にはわずかしか登場しなかったキャラなのだが、可愛らしい造形がウケて人気が独り歩きし、単独の写真集やカレンダー、それに充電器やフィギュアなどの商品がつくられたダンボー。

僕が持っているのはAmazonとのコラボ企画で、本来のマンガ作品とは違って段ボール箱がAmazonのものになっている。スイッチを入れると光る目がチャームポイントだ。

以上、かっこいい戦闘ロボットに入れ込めなかった僕が、今でも愛する3体のダメロボットでした。

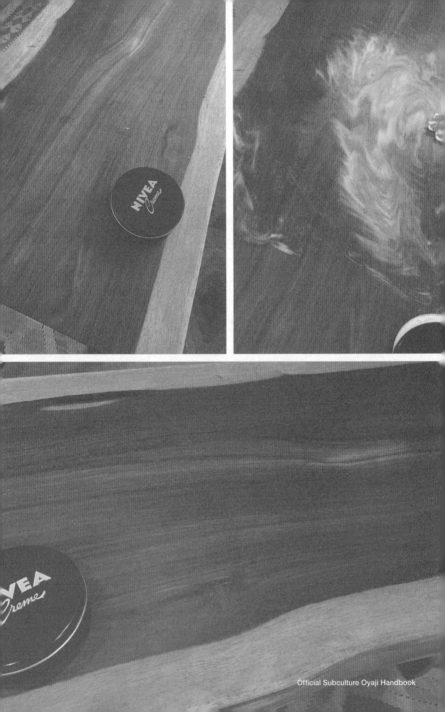

Nivea

ニベアってこんな使い方していいの!?
大人の男を唸らせた驚愕の使用法

date : 2020.1.24

長年スキンケアにはまったく興味のなかったおっさんの僕だが、家にたまたまあったニベアを使ったらたいへん調子がよく、愛用品になってしまった。

ニベアは数年前からリバイバルヒットしているらしく、ドラッグストアの店頭でよく見かけることには気付いていた。

そして我が家の洗面所にも、いつからか必ず置かれるようになっていたのだ。

ニベアは、様々な裏技があることでも有名らしい。

パックやヘアクリーム、ネイルケア、メイク落としなどにも使えると紹介されているが、そこらへんは男の僕にはあまり関係がない。

口コミで気になったのは、レザー製品や家具の艶出しにも使えるという話だった。

レザー製の大事な靴やカバンに試すのはちょっと躊躇するので、家具でその噂を検証してみることにした。

艶を失い劣化しかけていた
大事なテーブルが
ニベアで見事に再生

僕の家には、桜の木材を使用した重厚なローテーブルがある。

これはもともと、義父が1970〜80年代に渋谷で喫茶店を経営

していたとき、そのカウンター用に特注したテーブル板。

喫茶店を閉める際に短く切って家のテーブル用に仕立て直したのだそうだが、もらい受けて今は我が家で使っているのだ。

もともと表面はニスでガッチリとコーティングされていたのだが、サンダーですべて剥がし、無垢の状態に改造した。

すると見た目はとてもかっこよくなったものの、困ったことに定期的に手入れをしないとどんどん劣化するようになった。

いつの間にかかシミがついたり、潤いを失っていくのだ。

そこでニベアの登場。

全体的に薄く塗り伸ばし、特に汚れやシミが目立つ箇所には入念に塗り込んでいく。そしてキッチンペーパーで、磨くように強めにこすっていくと……。

やつれて輝きを失いかけていた天板が、見事に復活した。

ニベアって、素晴らしいよ!

次はいよいよ、レザーシューズの艶出しにも挑戦しよう。

大丈夫かな?

普通に靴用クリームを使えばいいんだけど、チャレンジするのが男だぜ!

ニベア片手にイキっても、迫力ないけど。

※本項は個人の体験を書いたもので、製品本来の用途とは異なる使用法も含まれています。

インフルエンザが流行し出すと
めます。そこに注目したのです。
から、その感染情報、つまり感
絞り、かつ数式を加えることで
要するに、この45の語句と数式
いままでの方法との違いは、
でインフルエンザ感染をキットで確かめて、そしてCD
これ以上の迅速性は有り得ないと思われていました。
ろうが、グーグルは検索語句から流行を予測でき
能となりました。すこ

は検索エンジンでイン
インフルエンザの感染
比例する検索語を
元に……にCDCと同じ感
流行をほぼ予想できる
んといってもそのさらな

Dermatograph

かつて編集者の必携品だったダーマトを、
いまだに使っている理由

"ダーマトグラフ"というやや特殊な筆記具をご存じだろうか?
ワックスをたっぷり含む軟らかくて太い芯を、紙でくるんだ色鉛筆のこと。
ガラスや金属、プラスティック、ビニールなど、普通のペンでは無理な素材にも難なく線を書け、簡単に消すこともできるので幅広い用途に使われるが、もともとは手術の際に皮膚へ目印を記す医療用ペンだったのだとか。

ダーマトグラフというのは、この類のペンを国内で唯一製造している三菱鉛筆の商標。
一般名称はグリースペンシルというのだけれども、ダーマトグラフあるいは略して"ダーマト"の方が通じやすい。

このダーマト、かつては編集者の必携品だった。
デジカメ革命以前、雑誌や書籍に掲載する写真は、一般的にポジフィルム（色が反転するネガではなく、撮影対象の色がそのまま写るフィルム）で撮影されていた。
ポジを一枚ずつルーペでチェックし、使用する写真を決めるのは編集者の役目で、「良き」と思った写真はスリーブの上からダーマトで○印をつけておく。
さらに、決定写真を切り出して一枚ずつ"ポジ袋"に入れ、使用するページの番号などをダーマトで書いておくのだ。
軟らかいダーマトならば、焼き増しの利かない大事なポジフィルムに傷をつける危険がないので、写真・編集・印刷業界などでよく使われていた。

仕事の資料本にダーマトで
グイグイ線を入れると

なんだか気分がよくなってくる

さて、そんな時代から月日は流れ。
オールドスクールな編集者の思い出をよそに、ダーマトなんか使ったこともないデジタルネイティブ編集者が闊歩する時代になった。
僕も最後にダーマトで写真にチェックを入れたのは、だいぶ昔のこと。
でもいまだにダーマトはコンスタントに使っている。

個人的な楽しみで読む本は、汚したり折れたりしないように大事に扱うのだが、仕事の資料とする本は、付箋を貼り、折り目をつけ、そして大事な箇所にダーマトでアンダーラインを入れていくのだ。

アンダーラインは蛍光ペンの方がいいんじゃない? と思われるかもしれないが、いちいちキャップをはずしたり付けたりするのが意外とわずらわしいし、それに受験勉強を思い出すので好きではない。
それよりダーマトでグイグイ線を入れていると、なんだか昭和時代の文筆家にでもなったようで気分がよろしい。

そういえば"痕跡本"という、古書を好む人の間でも相当マニアックとされる趣味があるらしい。
前の持ち主が残したアンダーラインや書き込み、ページの折り込みなどを見つけ、アレコレ想像を巡らす楽しみ方だという。
痕跡本を特別に集めている古書店もあるのだとか。
僕がダーマトでアンダーラインを書き込んだ本も、いつか中古市場に流れた末に誰かが見つけ、想像を巡らせてくれるのかな?

Workspace

在宅勤務のベテランが、
自宅のワークスペースを公開します

date : 2020.3.24

リモートワークという働き方が、まさかこんな形（新型コロナウイルス感染拡大防止策）で急速に浸透するとは思いもしなかった。
フリーランスで編集＆ライティングの仕事をしている僕は、もうずっと前から在宅ワーカー。
なので、ちょっと先輩づらして、自宅のワークスペースを紹介したいと思います。

まずはデスク全体。
PCは12インチという小型のMacBookがメイン機だ。このサイズは持ち運びに便利だけど、デスクに腰を据えて作業するにはちょっと不便。
だから僕はサードパーティのモニターにつなぎ、ブルートゥースのキーボードとトラックパッドで操作している。音はBOSEのポータブルスピーカーから出す。

さらにハブ経由でディスクドライブと外付けHDDを接続。これでほぼ不足なく、様々な作業が可能だ。

ほとんどの仕事はMacに集約しているけど、デスク上には一応、Windowsマシンも一台置いてある。

特に大事なのは、
精神状態を穏やかに保ち、
適度に気を散らすための"机上の友"

仕事のデスク周りはなるべくシンプルにして、気が散らないようにするのがいいという人もいるけど、僕の場合は逆。

真っ白なデスクにPC一台だけなんていうミニマルな環境では、おそらく頭がヘンになり、白昼一人で「キョエー!!」なんて奇声を発してしまうだろう。

仕事の資料本、読みかけの本、これから読む本。そして目に入りやすい位置にはあえて、お気に入りの小さなオブジェクトをいくつも配置している。

"机上の友"と呼んでいるのだが、そういうものをチラチラと目の中に入れ、適度に気を散らした方がずっと仕事は捗るのだ。

職種にもよると思うので万人には向かないかもしれないけど、アイデアを出してなんぼという仕事の方にはおすすめ。

参考にしてくれる人がいれば幸いです。

その時々の気分によって、友を入れ替える。

現在、スピーカーの上には真鍮製のフクロウとハリネズミのラッキーチャームがいる。青山のスパイラルマーケットで購入したものだ。

旅先で気に入って、自分用のお土産として買った小物も多い。

ハワイで購入した、当時のオバマ大統領のボビングヘッド。タイの派手なトゥクトゥクミニカー。小樽のガラス工房製の、地球のようなペーパーウェイト……。

右端のペンを持ってかしずく鎧姿の家来は、土産物じゃなくてフライング タイガーで買ったものだ。

こういうものを眺めたりいじくったりしていると、仕事のアイデアもやる気も湧いてくるから不思議なものです。

Fixie

現在はレジャー用として余生を送る、
僕の青春のピストバイク

date : 2020.4.3

以前、某メディアの仕事で某実業団自転車チームの監督、某氏に取材したときのこと。インタビューの主題ではない雑談の中で言っていたことがとても印象に残った。

いわく、「東京の車道を自転車で走るなんて、自殺行為ですよ」。

これは氏がオフレコで語ったことであり、僕も裏を取っていないので、間違っていても責任は取りませんが、以下のような驚くべき事実を教えてくれたのだ。

東京の主要道路の多くは、先のオリンピック（1964年）の前に突貫で整備された。

その際、手っ取り早く車の流れをよくするため、車道から自動車以外を排除する政策をとった。

当時の通産省は大手自転車メーカーに働きかけ、歩道を走っても安心な、重心の低い低速度安定自転車＝ママチャリの開発を促進し、普及に努めた。

道幅などの道路状況は当時とあまり変わってはいない。そもそも車道は自転車が走れる設計ではない。

昨今、行政が「自転車は車道を」との指導を強めているが、東京に限ればこれは完全に間違い、頓珍漢な話である。危ない。

某氏は自身率いるチームのメンバーに、危険な東京の道路は決して走らせないようにしているという。

僕はその話を聞いて「やっぱりそうか」と強く納得した。

お上からのお達しに従って自転車ではなるべく車道を走るようにしていた僕は、246や環八で何度もヒヤリとしたことがあったのだ。

某氏の話を聞いてからというもの、僕は東京で使う自転車はママチャリのみ。そして歩道だけをゆっくり走る、と心に決めた。

今では郊外のサイクリングロードを
走るために使っている
青春のピストバイク

そう決めた途端、持っていた一台の自転車の処遇問題が出てきた。

2000年代中頃から後半にかけて、にわかに巻き起こったピストバイクブーム。僕は当時編集長を務めていた雑誌でピストバイクの増刊号をつくるなどして、ブームの片棒を担いでいた自覚がある。

純粋に流行りものが好きな性格でもあるので、みずからビアンキの"ピスタ"というピストバイクを購入。乗って楽しんでいたのだ。

ノーブレーキピストによる事故多発問題などで取り締まりが強化されるようになり、日本国内のピストバイクブームは急速にしぼんでいったが、僕はその後もビアンキ・ピスタを街乗り用に使い続けていた。

ビアンキ・ピスタは細いフレームのいかにも速そうな外観。変速ギアのないシングルスピードの自転車だけど、その気になってペダルを踏み込めば、実際かなりのスピードが出る。

この自転車に歩道は似合わない。というか、本当に速いので歩道を走ったら危険だし、白い目で見られる。
だから当然のごとく車道を走っていたのだが、某氏の話を聞いてからは怖くなり、行き場がなくなってしまったのだ。

で、今はどうしているのかというと、完全レジャー用に鞍替えしているのです。

マイカーの屋根に自転車用キャリアを設置。家族で郊外に出かけるときなんかに、持っていくようにしている。

シングルスピードのバイクは構造が単純なので故障などのトラブルは少なく、自力でのカスタムも簡単。それに手入れもしやすく、軽いので車の屋根の上に積むのも楽勝。
こうして僕の青春のピストバイクは現役で活躍しているというわけなのだ。
宝の持ち腐れなどというなかれ。
湖畔一周のサイクリングロードなんかを、ピストバイクで走ると最高です。

Dining Table

ユニークで可愛いけど決しておすすめできない
ダイニングテーブルアイデア

date : 2020.4.9

今回は人にまったくおすすめできない情報を発信しようと思っている。
我が家のダイニングテーブルについてだ。
またまたそんなこと言って。"おすすめできない"というのはロジックのひとつで、結局は暮らしに役立つナイスアイデアを紹介してくれるんでしょ？　と思ったら大間違い。
心からおすすめできないので、あしからず。
「じゃあ、何のために？」と思われるかもしれないけど、たまには役に立たないクソ情報もインプットしなきゃ、疲れちゃうでしょ？　そんなことない？
まあ、ブツブツ言ってないでいきましょう。

数年前、ダイニングテーブルを新調しなければならなくなったのだが、普通のものじゃつまらないと考え、悩みながらいろいろと吟味していた。
そして、たまたま訪れたDIYショップで閃いてしまったのだ。

トレードマークのロバのロゴがナイスな、BURRO BRAND（バロー・ブランド）という米・老舗メーカーの作業台脚。
本来なら2台の脚の上に板をわたし、その上で様々な作業をするためのものだが、これでダイニングテーブルをつくったらいいんじゃないかと。

さっそくIKEAで適当な大きさのテーブル天板を買い、一対のBURRO BRANDの上に置いてみる。
おお、いいじゃないか！
こんなユニークなダイニングテーブルを使っている家、見たことない。
なんて素敵なのだと満足していた。2時間くらいは。
この手製テーブルの致命的欠点は、すぐに露呈してしまう。

誰もが経験したことのあるあの災難が頻発する、悪魔的構造を有していた

難点その①。めちゃくちゃ座りにくい。
作業台脚は安定性第一なので台形になっているのだが、これが想像以上に邪魔だった。椅子に座ると足がどうしても引っかかり、収まりが悪いったらありゃしないのだ。

難点その②（こっちの方が大問題）。足の小指がぶつかりまくる。
家具の角っちょに、足の小指をぶつけたときの痛さ、みなさんよくご存じだと思うけど、この裾広がりの作業台脚はホント、最悪です。
普通に過ごしていても、何かのトラップなんじゃないかと思うほど、小指がガンガンぶつかるのだ。

そうと知っていてもぶつける。
我慢して数年使い続けているのでさすがに回数は減ってきたが、忘れた頃に「ガン！」。
悶絶することになる。

僕が特別に鈍いわけではなくて、この災難は家族全員に降りかかっている。
家にお客さんを招いたときは、何をおいてもまず、「このテーブル、小指をぶつけやすいから気をつけて」と注意喚起する。
それでもお客さんはガン！　とぶつけて、「な、なるほど……」と涙目になっている。

でもねー、可愛いと思うんだよねー。とはいえ絶対におすすめできないので真似しないでくださいよ。本当に。

LIFE&HOBBY #023

My Basket

エコバッグならぬ、
ニトリ製のエコな“マイバスケット”がおすすめ

date : 2020.5.4

スーパー、コンビニを含む全小売店での
レジ袋有料化が、今年（2020年）7月
からはじまる。
それに伴い、エコバッグへの注目度が高
まっているのはご承知の通り。
僕自身は以前から、どうにもならないとき
以外は極力、レジ袋を断るようにしてい
る。
それほど意識が高い人間ではないが、
少なくとも社会の害虫的存在にはなりた
くないから、小規模な努力はしている
のだ。

これからは大人の男ももれなくエコバッグ
を持っていた方が、オシャレでモテると思
います。これ、ホント。

僕はコンビニでの“ちょこっと買い物”に
対応するポケッタブルエコバッグをいつ
も持っているが、今回はスーパーなどで
“がっつり買い物”をする際に使っている
ブツを紹介したい。

スーパーのレジかごとそっくりな、ニトリ
製のバスケットだ。
今のところ、スーパーでの買い物にはこ
れがいちばん便利だと思っている。

買い物以外にも、
アウトドア用品入れや防災グッズ
としても使える優れもの

使い方は説明するまでもないかもしれな
いが、スーパーでの買い物に慣れてい

ない男性も多いと思うので一応。

店内では、マイバスケットに直接商品
を入れてはいけない。レジで精算すると
きに面倒なことになるから。
スーパーに入ったら、カートにマイバスケッ
トを置き、その上にスーパー備えつけの
レジかごを重ねましょう。
レジでは、レジかごからマイバスケットに
品物を移してもらう。
お金を払ったらそのままGo home。ね、
便利でしょ。

僕が持っているグリーンのほか、赤、黄
色、ネイビーと4色展開、お値段は税
込599円のニトリ製バスケット（2020年
5月現在）。
「GO CAMPING」という文字と、山＆
太陽のイラストからわかる通り、本来は
キャンプなどのアウトドアでの使用を想定
しているようだ。
我が家では車のトランクに常備していて、
買い物だけでなくアウトドア用品入れとし
ても活用している。

蛇足かもしれないけど、こうしたバスケッ
トの利点を、もうひとつだけご紹介します。
重い荷物を入れることを想定して設計さ
れているので非常に頑丈。ヘルメット
代わりの防災グッズにもなるのだ。
グラグラッときた瞬間、バスケットをすっ
ぽりかぶれば落下物などから頭を守るこ
とができるかもしれない。
だから身近にマイバスケットを。以上。

Trojan Hair

最低あと2週間続く巣ごもり生活を生かし、
セルフカットでモヒカンに挑戦！

最後にヘアカットしたのは、昨年12月上旬。それ
から5ヵ月ちょっと、髪をずっと伸ばしっぱなしにし
てしまった。
何度も散髪に行こうとは思ったのだが、外出自粛
で他人とほとんど会わない生活だし、「カット中っ
てマスクいるのかな？」などと考えたら面倒になり、
ずっと放置してしまったのだ。

さすがにモッサリしすぎで我慢できなくなったので、
髪を切ることにした。
でも、まだ床屋さんや美容院に行くのは躊躇する。
それにせっかくの巣ごもり中なので、セルフカット
をすることにした。
もし5月末で緊急事態宣言が解除されるとしても、
あと2週間はこの生活が続く。
少しくらい失敗しても、ごまかしは利くだろう。
数少ない僕の自慢は、ケガが妙に早く治ることと
髪が異様に早く伸びることだ（本当に自慢になら
なすぎてどうしようもないが）。
2週間あれば、大丈夫だ。

おもむろに取り出しましたるはマイバリカン。
でも自分の頭にバリカンを入れるのは、丸ボウズ
にしていた10数年前以来なのでちょっと心配だ。
しかも今回は、ボウズにするつもりはないので、
少し技術も必要だろう。
バリカン片手に（どうしよっかな～）と悩んでいたら、
なぜか妻が「ハイハイ」と手を挙げた。
「大丈夫？」「大丈夫！ 大丈夫！」
「やるの？」「やる！ やる！」
異常に積極的な妻の態度に一抹の不安は感じた
が、とりあえず信じてバリカンを手渡した。

家庭内ヘアサロンごっこのはじまりだ。
妻「お客さん、オーダーは？」
僕「じゃあ、モヒカンでお願いします」
妻「……まじ？」
最初はいつも通り、トップの長い髪を生かしたツー

ブロックにしようと思ったのだが、せっかくなので
帯状に髪を残すモヒカン刈りにすることに決めた
のだ。

悪くない、
いやかなりかっこいい（と本人は信じる）
モヒカン刈りが完成！

モヒカンって、一般的には罰ゲーム的な髪型かも
しれない。
でも若い頃からハードコアパンク好きの僕にとって
は、最高にかっこいい究極髪型のひとつなのだ。
初対面の人と会う機会も多い通常生活では、や
はり50男のモヒカンはインパクトがありすぎる。だ
けど最低あと2週間は、取材も打ち合わせもない。
それに失敗だったら、ボウズにすればいいだけだ。
やるなら今しかない！

途中、クスクスあるいはゲラゲラ笑いながらバリカ
ンを繰る妻の態度は本当に心配だったが、仕上
がりはわりと悪くないんじゃないかと思う。

もちろん普段は髪を寝かせる。
そうするとモヒカンって、意外と普通の髪型に見
えるのだ。
でもバッツンバッツンに立たせて、早くライブハウ
スに行きたいな。

Kokerium

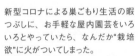

コケリウムはじめました！
これからは苔を愛でるのだ！

date : 2020.5.29

新型コロナによる巣ごもり生活の暇つぶしに、お手軽な屋内園芸をいろいろとやっていたら、なんだか"栽培欲"に火がついてしまった。
そこで、前からとても気になっていた「コケリウム」をつくってみることにした。

透明なビンの中で苔を栽培。苔を草原に見立てたジオラマ的空間をつくるコケリウム。
自然物を使って人工的な造形美を追求するという、盆栽にも通じる日本人好みの趣味である。
ネットで調べてみると、これが面白いのだ。
いろんな先人が、趣向を凝らした見事な苔空間をつくっていて、飽きずに見ることができる。

よし僕も、と立ち上がったが、あまり器用ではないのでネットに出ているようなすごいものができる自信はない。
でもいいではないか。
見よう見まねでファーストコケリウムにチャレンジしてみよう。

わずか10分ほどの作業で
初心者にもできた。
スキルをもっと上げたい！

ビンは家の中に転がっている不要物を再利用。
まずは土台だが、僕は園芸用の土を入れた。コンクリートにも根を張る苔だから、土台は砂でもペレットでも構

わないらしい。
土台に少し傾斜をつけ、奥の方を高くするのが立体的な風景をつくるコツだ。

肝心の苔は、販売している園芸店もあるようだが、僕は我が家の裏口付近に生えていたものを適当にぷちぷちと剥がしてきた。
土台の上にその苔を敷き詰め、そこらで拾ってきた面白い形の石を配置。
ミニチュア用のオブジェや動物フィギュアも置いてみる。
こういうのを置くことで、よりシュールな空間になるのだそうだ。

こうして勢いでふたつ完成させたマイファーストコケリウム、いかがでしょう？

コケリウムのアフターケアは簡単。
日に当たらない室内に置き、乾いてきたらときどき霧吹きで水をシュッシュとかけるだけ。
あとは勝手に苔が育ち、空間を盛りあげてくれるはずだ。

これは楽しい。いい趣味を見つけてしまった。
思っていたよりもずっと簡単で、不器用な僕でも10分ほどの作業でそれなりのものになった。
手先の器用さよりも、求められるのはアイデアなんだろうな。
今回つくったのはお見せするのも恥ずかしい稚拙なものだが、これからもっとスキルを上げていきたいと思います。
コケリウム、いい！

Stratum Chest

フェリシモ"地層チェスト"は
リモートワークの机上の友となるはずだ

date : 2020.6.9

大手カタログ通販のフェリシモは、「どういう思考回路をもってすれば、こういう発想が生まれるのかね?」というしょうもない、いや、たいへん愉快な商品を数多くリリースしているので、僕はチェックを欠かさないように心がけている。

そして、「面白いことは面白いけど、買わないでしょ」と心の歯止めがかかることが多いのだが、今度ばかりはブレイクスルーされてしまった。

"地層チェスト"というアイテムである。

は? 地層チェストって何? と聞かれても、まさにその名が示す通りとしか言いようがない。

デスクの上に置いて文房具や小物を入れておくのにちょうどいい、ミニサイズの段ボール製三段チェストで、地層の柄がプリントされているのだ。

下段は古生代、中段は中生代、上段は新

生代の地層。

引き出しを開けると、古生代にはアノマロカリスと三葉虫、中生代にはトリケラトプスとティラノサウルス、新生代にはマンモスと……もうひとつは何かな？　デスモスチルスかな？まあ、何らかの古代哺乳類。

それぞれの骨の化石がプリントされている。

いやあ、これ最高でしょう！

本当に、よくぞ商品企画会議を通過させたものだと思う。

地質時代に想いを馳せ、
ワクワクしながら
仕事ができるなんて最高じゃない!?

男なら（男だけではないけど）誰でも、少しは地質時代や古生物について興味があるはずだ。まったく薄い知識しか持ち合わせていないけど、僕も恐竜とか化石とかアンモナイトとかカ

ンブリア大爆発とか、やはりそのへんの話になるとワクワクしてしまう。

そんな男のロマンを、まさかのチェストに仕立てるなんて！

デスクの上に置けるなんて！

なんかもう、これ以上は文章を引っ張れない気がするので、そろそろ締めます。

でもこの脱力感こそが、リモートワークに勤しむあなたや僕の心の癒しになるはず。

……と、思います。

たぶん、いや、きっと。

僕はこの地層チェストの上に、以前に衝動買いしてみたものの、いつも家族から邪険に扱われているシーラカンスのビッグサイズソフトビニールフィギュアをトッピングしてみました！

いいねー、ゾクゾクしてくる。

Calligraphy

フライング タイガーの400円セットで、
カリグラフィーはじめました

ちょっと試してはみたいけど長続きする自信がな
いモノゴトにトライする際、フライング タイガーの
ような廉価な雑貨ショップの存在はありがたい。
先日も、とてもいい"トライアルアイテム"を発見した。
カリグラフィー用のペンセットである。
カリグラフィーとは、古代ヨーロッパ発祥の"西洋
書道"のこと。
様々な手法によって書かれる飾り文字は、クラシ

カルでエレガントでたいへん美しいものだ。

僕はカリグラフィーに以前から興味を持っていて、
いつかはやってみたいと思っていた。
でも、カリグラフィーを書くためには専用のペンが
必要。
万年筆と同じ構造で、ペン先が広くなったものが
一般的だ。

BACK TO THE STREET

しかも、書きたい文字によってペン先の幅を変えなければならないので、そんなペンを何本も揃える必要がある。

お試し入門セットとしては
あまりにもコスパ上等。
ハマりそうな予感がする

文具店でチェックすると、いいものはそれなりの値段がするカリグラフィー専用ペン。
飽きっぽい性格なので続けられる自信はあまりないし、無駄かなーと思ってなかなか踏み切れなかったのだ。

しかし！
フライング タイガーで見つけたこのカリグラフィーペンときたら……。
幅が違う四種類のペン先が用意され、インクも付いているほぼ完璧なセットだというのに、お値段な

んと400円だったのだ。
すごいなあ、フライング タイガーは。

迷うことなく買い求めた僕は、さっそく家に帰って開封。
ちょっとだけネットで調べたあと、見よう見まねで書いてみた。
このペンは安物とはいえ、カリグラフィーの基本である縦横で強弱を変える線を容易に書くことができる。
なんとなくそれらしいものが書けた。ちょっと嬉しい。

もう少し研究して、練習を重ねたら、もっともっと上手になれる気がする。
そして上達したら、きっと本格的なペンが欲しくなるだろう。
続けられるかどうか自信がない間のお試し入門セットとしては、あまりにもコスパ上等だった。
本当におすすめです。

Dual-Monitor

在宅ワークにおすすめのデュアルモニター。
いちばん簡単なはじめ方はコレだ！

date : 2020.7.24

コロナ自粛がはじまるずっと前から自宅で仕事を
する、天然在宅ワーカーのワタクシ。
以前、本コラムで、そんな僕のワークスペース
を軽く紹介したことがある。

モバイル性を考えて12インチという小型のMac
Bookをメイン機としている僕は、自宅で作業す
る際、サードパーティのモニターにつなぎ、ブルー
トゥースのキーボードとトラックパッドで操作して
いた。
閉じたMacBookからラインアウトし、作業は
もっぱら外部モニターの画面上で進める。
モニターは必要十分の大きさがあるのでほぼ満
足していたのだが、複数の資料を同時に立ち
上げて作業する際には、不便を感じることがあ
る。
そういうときはMacBookも開き、デュアルモニ
ター態勢で作業をしていた。

ただし、それはあくまで臨時的な措置。
だって狭い机の上に大きなモニターを置いてい
るから、その上でMacBookまで広げると窮屈
でしょうがないのだ。
でもデュアルモニターでの作業を一度経験する
と、なかなか忘れられない。
作業効率が約1.5倍に上がるとの調査結果も
あるのだそうだ。

手っ取り早く
デュアルモニター空間をつくる
ダブルアームのモニタースタンド

だったら机の上を整理して、もうひとつ外部モ
ニターを置こうかとも思ったのだが、デイトレー
ダーでもゲーマーでもあるまいし、それにダブル
タスクで仕事をバリバリこなしているわけでもな
いので、ちょっと大袈裟な気がした。
あくまでひとつは外付けモニター、もうひとつは
MacBookの画面を使ったデュアルで、しかも
机の上を広く有効に使う方法はないだろうかと
考えていたら、Amazonでいいものを見つけた。

ダブルアームのモニタースタンドだ。
アームの一方にはモニターを設置し、もう一方

にはノートパソコンを開いた状態で置けるように
なっている。
モニターもMacBookも、支柱から伸びるアー
ムの先に設置するので中空に浮いたような状
態になる。だから、机上には以前よりも空きス
ペースができるはずだ。

さっそく購入し、写真のようにワークスペースを
改善させた。
モニターもMacBookも、角度・高さなど自由
に調整可能。好みの位置に設置することがで
きる。
実際に使ってみると、これがホントに快適だった。
作業効率は確実に上がったと思う。
早くこうすればよかった。

在宅ワークの頻度が増しているみなさんにも、
ぜひおすすめしたい。
在宅のいいところは、会社と違って自分好みの
仕事空間を自由に構築できること。
そして、もとからあるノートパソコンのモニターに
プラスワンするだけのデュアルモニターは、省
スペースで格段に能率アップできる手っ取り早
い方法だと思う。

Most Relaxing Cushion

"ヒトをダメにするクッション"の最高峰、Yogiboが我が家にやってきた！

date : 2020.7.31

先日、通算51回目となる僕の誕生日があった。
我が家ではいつも、妻と娘が共同でプレゼントを贈ってくれる。
娘がディレクター、妻がお財布係だ。

誕生日を10日後に控えたある日、ディレクターが僕に聞いてきた。
娘「パパ、今何か欲しいものある？」
僕「そうね、新しくて使いやすい
　　外付けキーボードかな」
娘「Yogiboって知ってる？」
僕「知ってるけど……。
　　あ、ゴルフ用の手袋も欲しいな。
　　この前なくしちゃったから」
娘「Yogiboってすごくいいよね。
　　うちにあったら嬉しいね！」
僕「……うん、そだね」

娘は我が家の近くのショッピングセンター内に新しくできたYogiboショップで試してみて、そのあまりの座り心地のよさに感動。惚れ込んでしまったようだ。
そこでパパの誕生日に、と。
なかなかの凄腕ディレクターである。

一人用としてはいちばん大きい Yogibo Maxの座り心地は、喩えるならドラえもんのアレだ

そして誕生日当日、我が家に運び込まれたYogiboはデカかった。
娘は「せっかくのパパの誕生日なんだから！」と、シリーズの中で二番目に大きい（一人用としてはいちばん大きい）"Yogibo Max"の購入を主張したようだ。
さすが、凄腕ディレクターだ。

娘からの熱い視線を感じつつ梱包をほどき、床に置く。
娘に「座る？」と聞いたら「いえいえ、パパへのプレゼントだから、パパからどうぞ」と言う。

小6にもなると、そのへんの処世術もわきまえている。さすが凄腕D。

娘はショップで教えてもらったらしく、いくつものパターンがあるYogibo Maxの使い方を指導してくれた。
それに従って座ったり、寝転んだりしてみた。
いや、最高です。
"ヒトをダメにするクッション"の当世最高峰といわれているYogibo。
その座り心地たるや、なんと表現したらいいのか……。
ドラえもんの「雲かためガス」を使ったら、きっとこんな感じだろう。
あるいは、バーバパパがいたらこんなかなという感じだ。
51歳男性の使う喩えとして、これ大丈夫かな？

我が家のリビングの中心に据えられることになったYogibo Maxは大人気で、僕、娘、妻、犬が常に順番待ちし、みんなで使っている。
パパとしては、こういうプレゼントがいちばん嬉しいかもしれない。
娘よ、ありがとう。わかってるねー。

たまに写真のような状態になっているのを見ると、「あれ？」と思わないでもないが、父は満足です。

LIFE&HOBBY #030

Ukulele

アラフィフの手習いで楽器をはじめたい
大人の男におすすめなウクレレ

date : 2020.9.11

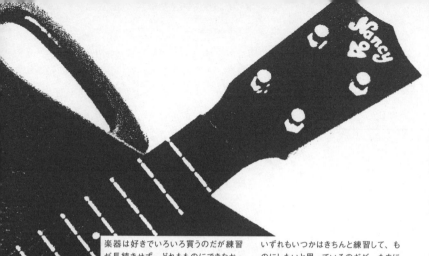

楽器は好きでいろいろ買うのだが練習が長続きせず、どれもものにできなかったのだから情けない。

だが奇跡的にここ1ヵ月あまり毎日欠かさず弾いていて、徐々に上達してきた楽器がある。

すでに何曲か弾き語りできるので、もはや胸を張ってもいいレベルなのかもしれない。

「ウクレレ弾けます」と。

僕が使っているのは、愛知県江南市にある中西楽器製作所というメーカーのウクレレ「Nancy」。

中西楽器製作所の中西清一氏は日本屈指のウクレレビルダーとして名高かったそうだが、惜しくも2013年に亡くなっている。

約20年前に買った僕のNancyは、生前の中西氏がつくったものなのだろう。

焦げ茶色のオールマホガニー素材、あたたかみのある音色が特徴の素敵なウクレレだ。

今度ばかりは絶対、人様に披露できるくらい上手くなるまで諦めないと決意し、日々精進している。

ウクレレが都会住まいの人に向いている理由とは

僕の"ものにできなかった楽器コレクション"にはほかに、アコースティックギターとコルネットがある。

いずれもいつかはきちんと練習して、ものにしたいと思っているのだが、たまに出して弾いてみると「やっぱりダメだ」と気持ちが萎えてしまう。

理由は明快。

まじめに練習しようと思えば思うほど、大きな音が出るので近所迷惑になるのだ。

ウクレレの練習が続けられるのは、ここが大きい。

しっかり弾いても大した音量は出ないので、隣近所への迷惑を気にすることなく、いつでも心置きなく練習することができるのだ。

都会住まいの住宅事情から鑑みると、大人の男にうってつけの楽器なのかもしれない。

小さいのでどこにでも持っていくことができて、さっと出してすぐに弾ける。

この気安さもウクレレの利点。

常に持ち歩いて、気ままにポロンと弾いていると、どんどん可愛く思えてくる。

コード弾きが基本だが、弦は4本しかないので覚えやすい。

そのうえ、初心者でもちゃんといい音が出る。

『いとしのエリー』『雨あがりの夜空に』『イムジン河』『リンダ リンダ』がだいたい仕上がり、今は小6娘とデュエットで『カントリー・ロード』の練習中。いつかどこかで誰かに披露したいと思っている。

ウクレレ、おすすめです。

Chapter Four
CULTURE

フリーの編集者兼ライターだから、基本的には自宅の自室が仕事場だ。「書斎」という響きに憧れるが、実質はそんなに素敵なものではなく、ごっちゃごちゃである。

部屋の中でいちばん大きなスペースを占めているのは、なんといっても本。

僕は社会人になったときにひとつの誓いを立てた。「これからは本とCDとレコードは躊躇せず、惜しみなく買うこと」と。編集者たるもの、それは絶対に必要だと思ったからだ。

以来、四半世紀以上にわたってこの誓いを守り、基本的に買ったものは捨てない＆売らないという厄介な主義も併せ持っているため、まあ、えらいことになっている。

サブスク発達のおかげでCDはここ数年、あまり増えなくなって

いたのだが、最近、アナログのよさを再発見してしまったため、21世紀のこの時代に、僕の手元にはビニールレコードがまた増えてきている。本の増殖は相変わらず歯止めがかからない。購入物件の約半数は電子にしているものの、ページをめくる愉悦を知っているので、紙の書籍もどんどん買うからだ。

自室で仕事をしていると、学校から帰ってきた小学生の娘に、いきなり部屋のドアをバーンと開けられることがある。そんなとき、YouTubeを見たりマンガを読んだりしていると娘に「あ、パパまたサボってる!」と言われたりするのだが、僕は怯まず言い返す。「これも、パパの仕事なのだ」と。

そう。アウトプットするために、インプットするのも僕の仕事なのだ。本当は単にサボっているだけなのだが。

Harajuku

原宿1987〜青春時代を過ごした街へ、3時間だけのタイムトラベル

date : 2019.4.18

もしも1987年の原宿に3時間だけタイムトラベルできるとしたら。懐かしの店を見て回るだろう。

駅前のテント村を冷やかしたあと、竹下通りに突入だ。立ち並ぶアイドルの生写真屋やタレントショップには目もくれず、奥までズンズン歩こう。

まずは知る人ぞ知る名ショップ、ジムズインへ。ガーゼシャツや鋲リストバンド、ライダースジャケットなど、パンク一色のお店だ。ガーゼシャツは憧れの服だったが、高校生の頃は高くて手が出せなかったな、などと懐かしむ。でも長居は無用。なぜならここは2019年現在も変わらぬノリで営業しているから。

次は、ジムズイン近くの2階にあるシューズショップ、今はなき丸玉商店へ。ラバーソールの品揃えが抜群で、しかも比較的手頃な価格で売っていたため、ミュージシャンにも顧客が多かった。僕が初めてラバーソールを買ったのもこの店だった。

いつまでも変わらぬノリで
営業し続ける店を一生応援したい

竹下通りを抜けたら明治通りを右に曲がるか左に曲がるか迷う。左に行けば、セディショナリーズやワールズエンドの服を取り揃えたアストアロボットがある。でも今日はやっぱり右に。

ラフォーレを越え、表参道の信号を渡ったら左の路地に入る。モッズショップのスイッチを目指すのだ。ここではよく、ロンズデールのTシャツとか買ってた。東京のモッズショップはこのスイッチと、並木橋にあるレディ・ステディ・ゴー！が有名で、僕はスイッチ派だった。どちらの店も、今はもうない。

アストアロボットをパスしたのは、ジムズインと同様、現在も当時と変わらぬ雰囲気で営業しているからだ。実は、今でもたまに買い物に行く。トレンドがどんどん移り変わる中で営業しつづけるのは大変だろうけど、本当に頑張って、せめて僕が死ぬ頃までは続けてほしいと思う。

まだまだ行きたい店がたくさんあるけれど、残念ながら時間切れだ。次は新宿で5時間のタイムトラベルをしよう。ただの妄想なのだが。

Vinyl

レコード聴こうぜ！～
実はいちばんコスパのいい音楽の聴き方なのだ

date : 2019.6.3

新しいもの好きなので、音楽の入手方法はレコードからCD、配信そしてストリーミングへと、時々の先端のものへと移行してきた。音楽原体験のレコードからは遠ざかっていたが、最近になって、アナログの魅力を再確認。家でレコードを回す時間が増えている。

アナログレコードの方がデジタルより音がいいのさ……。などとしたり顔で言うほど耳はよくない。目をつぶっている間にこっそりストリーミングの音にすり替えられても、たぶん気づかないんじゃないかな。
そもそもオーディオに凝っているわけではないので、アンプやスピーカーなんて適当だし、繊細なジャズやクラシックではなくてロック好きだから、音源の種類によってそんなに音の差はないと思う。

それでもやっぱりレコードがいいのは、情緒があるからだ。
さあ聴くぞと、棚からおもむろに一枚取り出し、埃がついていればクリーナーで掃除し、ターンテーブルに置く。電源をオンにして静かに針を置くと、ゴソゴソパチパチという特有のノイズのあとにイントロがはじまる。20分少々でA面が終わるので、ターンテーブルのふたを開けて盤をひっくり返し、再び針を落とすとB面のスタート……。
音楽好きになった頃に学んだ一連のややめんどくさい作法が、より深い音楽の世界に連れていってくれる。
もともと音楽なんて雰囲気で味わうものなんだから。

中古レコ屋のエサ箱と
フリーマーケットで探せば
格安で手に入る

今の時代、もしかしたらいい音楽をいちばん安く楽しめる、コスパ最高の手段はアナログレコードじゃないかと思う。

中高生の頃には高いレコードがなかなか買えず、主にレンタルレコードのお世話になっていたけど、今も新譜はほとんど買わない。中古レコ屋で掘り出すのが楽しいのだ。プレミアがついているレア盤には目もくれず、マニアの間では"エサ箱"と呼ばれる、100～数百円の格安コーナーからいい盤を見つけ出す。エサ箱だけ探しても、欲しいレコードはいつも無数にある。

もうひとつ、僕がよくレコードを探すのはフリーマーケット。フリマ会場では、状態がよくて面白いレコードが見つかる。売っている人は、たぶんもうプレーヤーを持っていないのだろう。投げ売り状態だ。1枚100円程度で売っているので、10枚ほど選び、「まとめて買うから安くしてもらえません?」とお願いすると、700～800円にしてくれる。1枚あたり70～80円。LP1枚に平均10曲入っているとすると、1曲あたり7～8円なのだ!

中古レコードで最近の僕が重点的に狙うのは、1970～80年代のAORやR&B、ソフトロック、シティポップなど。フリマは地域差が大きく、そうしたジャンルのレコードは、湘南あたりの会場でいいものがよく見つかる。

レコードは楽しい。
だから、この先もなくならないでほしいし、みんなももっと聴けばいいのにと思う。

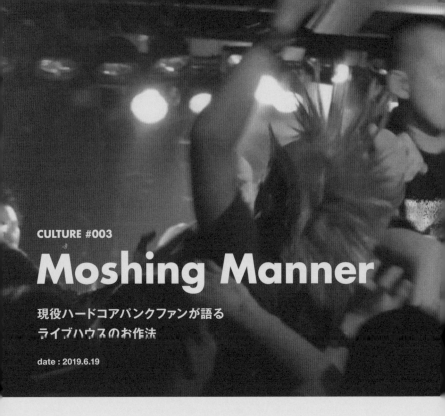

CULTURE #003

Moshing Manner

現役ハードコアパンクファンが語る
ライブハウスのお作法

date : 2019.6.19

今でもよくハードコアパンクのライブを観に行く。新宿のロフトやアンチノックといった老舗のライブハウスが多い。特に自分が高校生だった1980年代から活動を続けているバンドのライブを観るのは最高に楽しい。

演奏する側も観る側も、十分に歳をとっている。レジェンドを見に来る若い客も少しはいるけど、全体の平均年齢が明らかに50歳前後だろうなという日もある。
このままいくと、ハードコア系のライブハウスはやがて、おじいちゃんおばあちゃんの憩いの場となる日が来るだろう。それもまた、楽しからずや。

でも演奏されるのはあの頃と変わらないバキバキのハードコア。そして客のノリもかつてと変わらない。フロア前方はモッシュの嵐、老骨に鞭打ってダイブやクラウドサーフをバシバシ決めてくる人もいる。

昔と少し違うのは、みんな年季が入っているから、暴れ方がすごく上手だということ。モッシュでぶつかり合う人も、ステージ上から飛んでくる人も、それを受け止める人も手馴れたもので、誰も怪我したりはしない。

念のために解説しておくと、"モッシュ"というのはステージに近いフロアでおこなわれるおしくらまんじゅう＆ぶつかり合い。"ダイブ"はステージに上がってから密集した人の頭上に飛び込んでいくこと。"クラウドサーフ"は密集した人の上を転がっていくことだ。ダイブのあとにそのままクラウドサーフすることも多いけど、フロア後方から他人の肩を使って密集した人の上によじのぼっていく方法もある。

**モッシュ＆ダイブ＆クラウドサーフは
地下の怪しいライブハウスで
やるのが最高**

昔は小さなライブハウスの中だけでしか見られなかったこれらの作法は、今やすっかりメジャーになり、夏フェスなどの会場でもおこなわれるようになった。1990年代のメロコアブームの頃から、ライブハウスのノリが大きな会場に持ち出されるようになったのだ。

サークルモッシュという、ライブハウスにはなかった作法も生まれた。特定の曲になると客が輪を描くように並んで走って円形の空間をつくり、サビがくるとそこへみんなで飛び込んでモッシュするのだ。サークルモッシュは21世紀に入ってからの流行で、最初に見たときは驚いた。でも、そのあまりに能天気な運動会的ノリは、おじさんの求めているものとはちょっと違うんだよな〜とも思った。

モッシュはやっぱり、地下の怪しい小さなライブハウスが似合うのだよ。

ライブハウスを最高に楽しむためには、フロアで の位置どりも重要だ。どんなバンドでも、前方のモッシュで暴れるのは客全体の2〜3割程度なので、後ろの方だったら落ち着いて観ることができる。それでは面白くないからモッシュに突っ込んでいくとしても、前に行けば行くほど人がぎっしり詰まっていてあまり身動きできない。

それよりもモッシュピットの後方、少し空間に余裕のあるあたりがいちばん激しくて楽しい。猛烈な体当たりを繰り返してくる活きのよすぎるヤツの顔を見ると、いい感じのおじさんだったりするのも面白い。まあ、自分もその一人なんだけど。

モッシュの中にずっといると汗だくになるし、酸欠状態になることもある。だから僕も最近は後ろの方で観ることが多くなった。でも、こんなことではいかんとも思ってしまう。

この夏、僕は50歳になるので、記念に一発、華麗なダイブでも決めてみようかなと狙っている。みんなきっと優しく受け止めてくれるだろう。

Official Subculture Oyaji Handbook

Magic Font

「Supreme」ロゴのパロディや偽物を
大量に生み出す魔法のフォント

date : 2019.7.3

1994年にステューシーのニューヨーク店を運営していたジェームス・ジェビアによって設立された、スケーター系の純ストリートブランド、シュプリーム。ルイ・ヴィトンとのコラボレーションも記憶に新しく、今や"ラグジュアリーストリート"のトレンドを牽引するビッグブランドに成長している。

シュプリームのシンボルとして有名なのは、赤の長方形地にブランド名を白文字で抜いた通称"ボックスロゴ"。このキャッチーなロゴが、シュプリームを人気ブランドに押し上げたことは間違いない。
しかしこのシンプルなシンボルは、様々なパロディや類似デザインを生み出した。なかにはSupremeの文字をそのまま使った、もろに偽物も大量に出回っていることはご存じの通りだ。

なぜこんなに出回るのかというと、人目を引きやすく記憶に残りやすいデザインであることに加え、もともとのシュプリームのロゴが、一般的に普及しているなんの変哲もないフォントを使用していることにほかならない。

Futuraを使って誰でもできる
「Supreme」パロディ遊び

お手元にパソコンがあればワードを立ち上げていただきたい。フォント選択肢の中にある"Futura"がそれ。Futuraをイタリック（斜体）にしてボールド（太字）にし、字間を少し詰めるなどの微調整をすれば、Supremeのロゴとほぼ同じデザインの文字がつくれる。

Futuraは当世とても人気がある書体で、シュプリーム以外にもFedExやVolkswagen、OMEGA、LOUIS VUITTON、DOLCE&GABBANA、Calvin Kleinなどのロゴにも使われている。

ちょっと雑貨屋さんを覗いてみると、Futuraのロゴを使ったシュプリームのパロディグッズがすぐに見つかる。特に頭文字が「S」だとオリジナルのSupremeに似せることができ、パロディが捗るのだ。僕の名前の頭文字も「S」なので、ちょっとつくってみた。

もちろん、「Supreme」のボックスロゴデザインは商標登録されていて、まんま真似するのは法に引っかかるから、よいこはやってはいけません。
でも、Futuraの書体を使ってオリジナルの文字列で遊ぶこと自体はなんら問題がないので、ぜひお試しください。楽しいよ。

80's
Illustration

80年代の懐かしきトロピカルなイラストは、今でも最高だという話

date : 2019.8.29

あなたは鈴木英人派？　永井博派？　はたまた、わたせせいぞう派だろうか？
我々グリズリー世代にとっては、キラキラした青春時代を彷彿とさせる懐かしきイラストだ。

永井博の代表作は『A LONG VACATION』をはじめとする大瀧詠一のレコードジャケット。
鈴木英人は山下達郎の『FOR YOU』のジャケットや雑誌『FM STATION』の表紙。
わたせせいぞうはなんといっても、マンガ『ハートカクテル』だろう。

1970年代後半から1980年代にかけて全盛期を迎える、こうしたトロピカルでクリアでアダルトチックな風景や人物、車のイラスト。
でも実は、それらが巷にあふれて盛りあがっていた頃、個人的にはまったくいいと思っていなかった。

憎しみと愛入り交じった目で世間をののしっていた10代の頃、悲しみを知って目を背けたくって町を彷徨い歩いていた20代の頃、「こんな素敵な世界あるもんか。虚構だ。クソだ。敵だ」と思っていたのだ。

ガロ・宝島系シンパだった僕は、イラストレーターといえば湯村輝彦（テリー・ジョンスン）やスージー甘金、みうらじゅんに根本敬、蛭子能収など、爽やかさのかけらもない、エログロナンセンスへタウマ系が大好きだった。

でもね……人の趣味嗜好って変わるものだ。

そのよさをやっと理解できたのは、すっかり大人になってからだった

中高生の頃はパンクやニューウェーブばっかり、大学生になってから多少趣味の幅が広がったとはいえ、依然インディーズ系の音楽が好みの中心だったので、好きな世界観はそちらに偏りがちだった。

でも30歳を過ぎた頃からジャズやソウルにAOR、それに日本の往年のシティポップのよさなんかまでわかってきて、遅ればせながらそれらに伴うビジュアルもまた"ええなあ"と思うようになった。
『ハートカクテル』なんて、40歳過ぎてからブックオフで全巻探したからね。
全部100円コーナーで売っていたから、たいそう安く揃えられた。

今になって考えれば、永井博は湯村輝彦の弟子だったわけだし、初期わたせせいぞうはつげ義春の影響を受けているという説もあるし、実はガロ・宝島系とも底ではつながっていたのだ。
敵じゃなかったのね。すみません。

今さらながらの話のようだけど、鈴木英人、永井博、わたせせいぞうの描くイラストはエバーグリーンでエバーブルーでエバーサンシャインで本当に素敵だ。
僕に遅れてきた"青春 in 80's"の輝きをもたらしてくれるような気がして、ときどき本棚から画集やマンガを出して眺めては、人知れず静かに癒されているのです。

Basquiat

みんな、バスキア展は見ましたか？
本当に素晴らしかったよね！

date : 2019.11.11

東京・六本木の森アーツセンターギャラリーで開催されている『バスキア展 メイド・イン・ジャパン』を見に行った。
バスキアの本邦初となる本格的な展覧会だ。

1980年代のアートシーンに彗星のごとく現れたハイチ系アメリカ人画家、ジャン＝ミシェル・バスキアは、ジャズやヒップホップ、アフリカの民俗や人種問題など、黒人画家ならではの主題を扱い、ヘロインのオーバードーズによって1988年に27歳で早世するまでのわずか10年で、3000点を超すドローイングと1000点以上の絵画作品を残した。
この展覧会はバスキアと日本との多方面にわたる絆、そして日本の豊かな歴史や文化がその創作に及ぼした知られざる影響を明らかにするため、世界各地から集めた約130点の絵画やオブジェ、ドローイングで構成されている。

ふう。
上記はまあ、展覧会の公式情報などをカンニングしながら書いたのだが、バスキアの作品はストリートファッションとも縁が深く、僕は以前からファンだったのだ。

スラムに生まれ育った
黒人画家の目に映った80年代の日本

展覧会は圧巻だった。ものすごくよかった。
そのよさについてくどくど言葉にするのは野暮というものだが、ひとつひとつの作品の前に立つと、頭が真っ白になるほどのインパクト。

「メイド・イン・ジャパン」という副題が示しているように、日本となんらかの絡みがある作品が多く展示されていた。
だがそれは公式情報の"日本との絆、日本の豊かな歴史や文化が創作に及ぼした影響"という言葉から想起される、ポジティブなものばかりではない。
バブルに向かってのぼり詰めていくイケイケどんどんの80年代日本が、ニューヨークの黒人画家の目にはどんなふうに映っていたか、ダークにリアルにそしてハードに表現されている。
自信を失いかけている今の日本にはそんなふうに考えたい人が多いようだが、バスキアは決して親日派というわけではなかったのだ。

純粋に美的好奇心を満たすために見るのもいいし、上記のような社会的観点から見ても面白い。
もっと下世話な話が好きな人は、ZOZO前社長の前澤友作氏が123億円で落札した噂の絵画も展示されていたと聞けば、興味が湧いてくるのではないだろうか。

そうそう、グッズコーナーも充実していて楽しかった。
僕はiPhoneケースを購入。
ずっとジャクソン・ポロックのケースを使っていたんだけど、だいぶ傷んできていたのでちょうどよかった。
iPhoneケースはやっぱり、アート作品に限りますな。

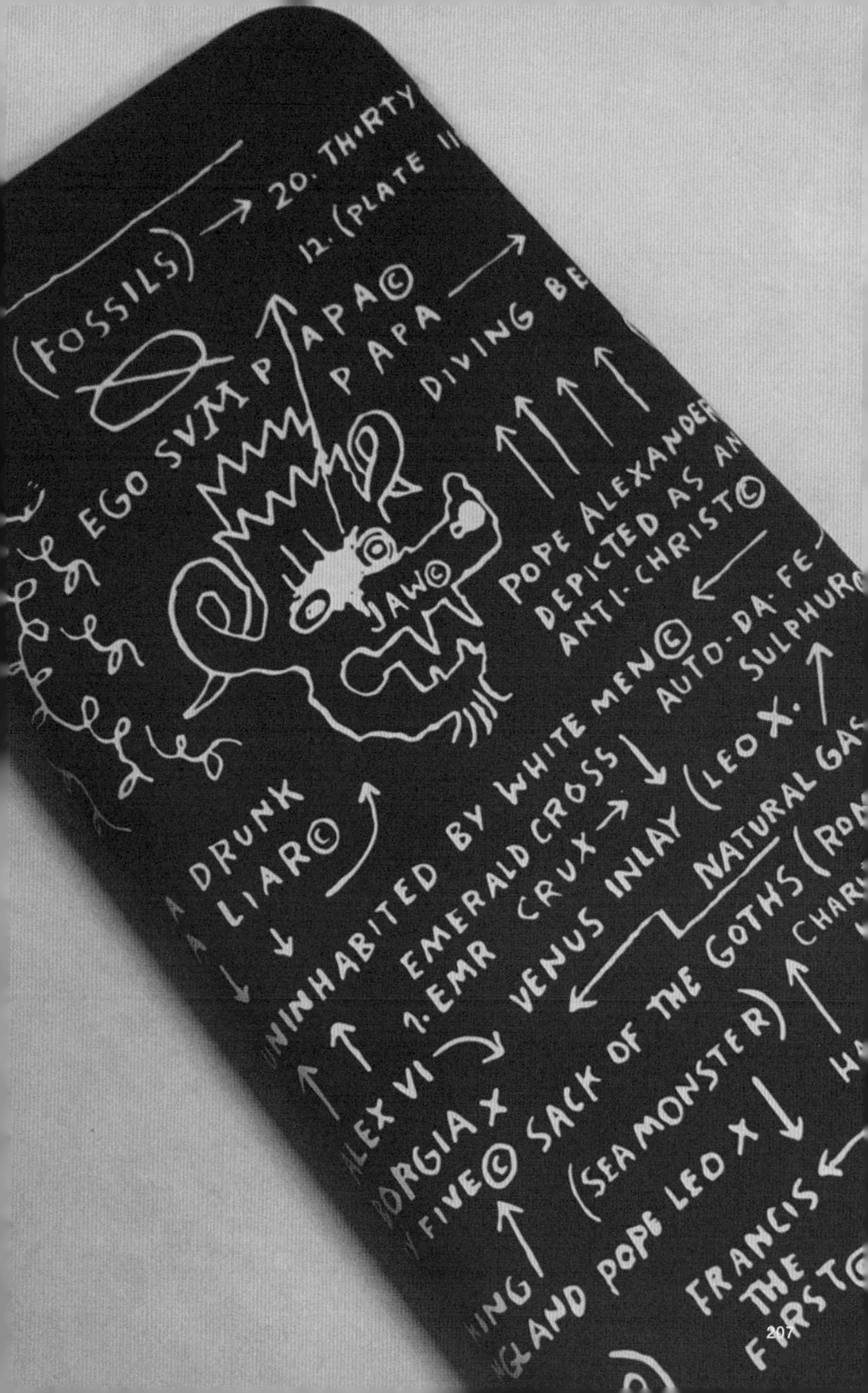
(FOSSILS) → 20. THIRTY
12. (PLATE II
EGO SVM PAPA©
PAPA
DIVING BE
JAW©
POPE ALEXANDER
DEPICTED AS AN
ANTI-CHRIST©
AUTO-DA-FE
SULPHUR©
DRUNK
LIAR©
UNINHABITED BY WHITE MEN©
EMERALD CROSS
7. EMR CRUX
VENUS INLAY (LEO X.
NATURAL GAS
SACK OF THE GOTHS (ROM
CHAR
ALEX VI
BORGIA X
FIVE©
(SEA MONSTER)
POPE LEO X
FRANCIS THE FIRST©
KING
AND POPE LEO X

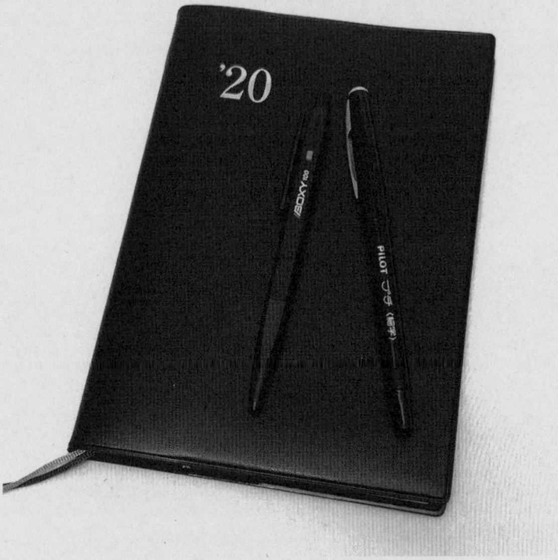

CULTURE #007

Handwritten

新しいもの好き＆デジタル最優先の僕が、
手書きスケジュール帳を買った理由

date : 2019.12.16

2008年に初めてiPhoneを買ったその日、僕は手書きの手帳を捨てた。

以降のスケジュール管理はすべて、iPhoneにインストールしたGoogleカレンダーアプリでおこなってきた。Googleカレンダーなら、アカウントさえ記憶していればほかのどんな機器からもアクセスできるので、便利なことこの上ない。

ちょっとしたメモやTo Do管理もiPhoneの機能で事足りた。

スマホ革命以降も、「なんだかんだ言って、やっぱり手帳はアナログがいちばん」という人は多かったが、僕には信じられなかった。デジタルを使いこなせていないからそういうことを言うんだと、手書き派を内心では馬鹿にしていたかもしれない。

でも最近なぜだか、アナログなものに妙に心惹かれる。

しばらく死蔵していたビニールレコードをよく聴くようになったし、手書きの日記を書くようになった。

一時期は、紙とキンドルの両方がリリースされていたら、間違いなくキンドル版を選んでいた本も、最近はあえて紙を選ぶことが多くなった。

こういうのを"揺り戻し"というのだろうか。デジタルであることが当たり前になってしまうと、持ち前のひねくれ根性が顔を出し、アナログに再び価値を見ているのかもしれない。

もっとも
アナクロチックな能率手帳と、
昭和感たっぷりのペンセット

そして、12年ぶりにアナログのスケジュール帳を買った。

来年は不便さを込みにして、あえてスケジュール管理は手書きでやってみようと思うのだ。僕の中ではひとつの実験である。

それではどの手帳にしようかと売り場で吟味した結果、どうせならもっともアナクロチックでド定番のものをと思い、「能率手帳」を選んだ。

カバーに印字された「'20」の数字が、ゴシックではなく明朝系のフォントなのがいい味を出している。

真っ白ではなく少し黄ばんだ紙質も、なんだか懐かしい。

思えば僕の人生初の手帳は、この能率手帳だった。小学生の頃、父親の職場で配布されている能率手帳を、毎年1冊もらって使っていたのだ。

アナクロな手帳を使うからには、ついでに筆記具も昭和テイストのものにしたくなり、新たに2本のペンを買った。三菱鉛筆製のBOXYとパイロットのプチ〈細字〉である。いずれも昔、筆箱の中に入っていた懐かしの文具。

文房具というのは毎年、新製品が発表されるけど、何十年も変わらぬ形で売られ続けているロングセラー商品も多く、その気になって探せばすぐに大昔と同じものが見つかるから嬉しい。

これで来年は、楽しい手帳ライフが送れる気がする。

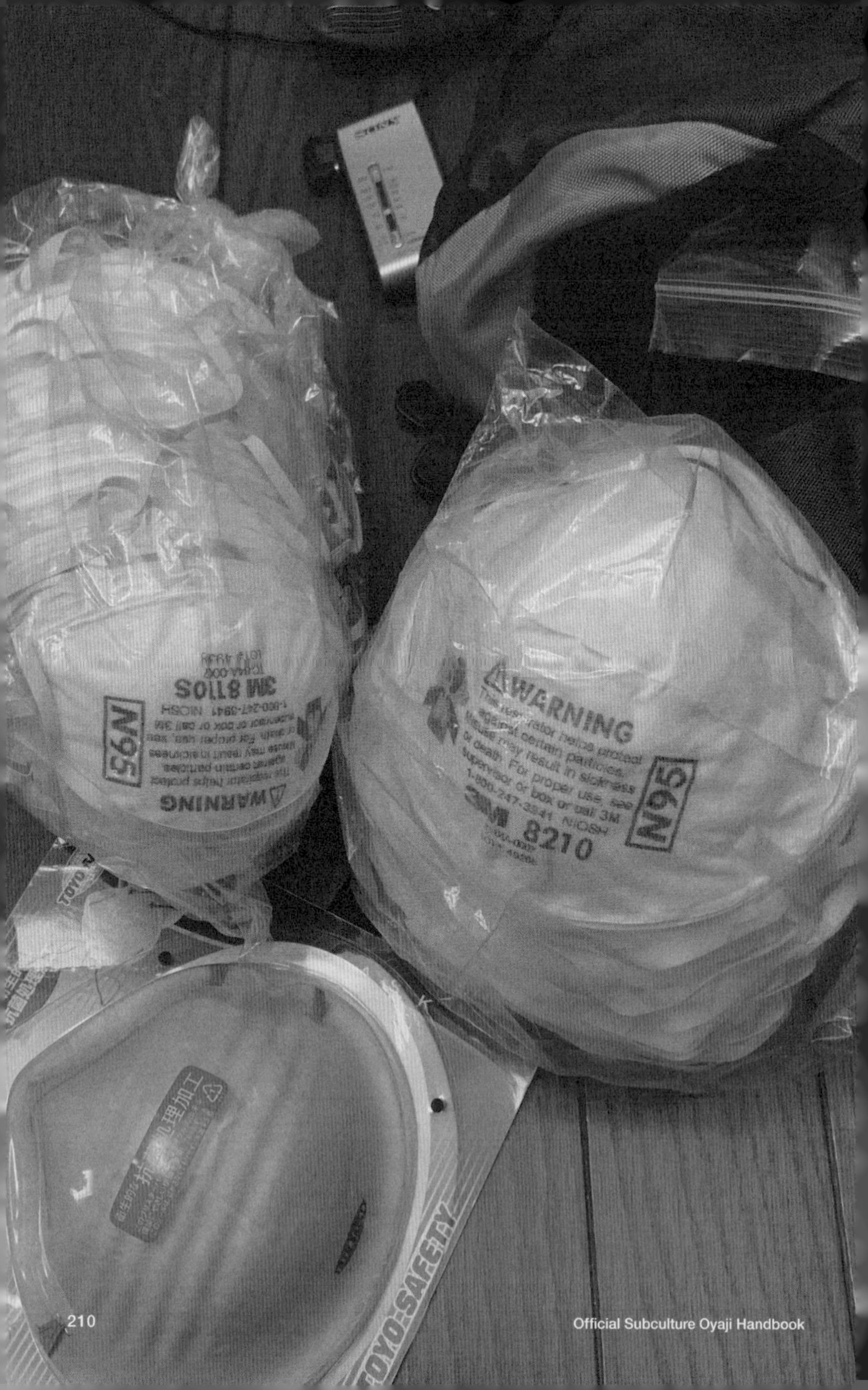
WARNING
N95
3M 8110S
WARNING
N95
8210
TOYO SAFETY

Dystopia

僕が防災グッズのいちばん上に防塵マスクを備えるのは、ディストピアをサバイブするためなのだ

date : 2019.12.18

男はいくつになっても、ディストピアへの憧れに近い感情を持っているものだろう。
"不謹慎狩り"が流行る今の世の中でも、これを否定できる人などいないはずだ。
ディストピア、つまり終末戦争や未曾有の天変地異によって文明が破壊し、無秩序となった世界でサバイブしていく状況である。

ディストピアへの憧憬に衝き動かされ、昔からSF小説や映画、マンガ、アニメなどで数々の名作がつくられてきた。
我々グリズリー世代のディストピア感は、映画『マッドマックス』(1979豪) および『マッドマックス2』(1981豪・米)、『ブレードランナー』(1982米・香)、マンガ『AKIRA』(1982-1990日)、『北斗の拳』(1983-1988日) などで醸成された。
マイナー映画が好きな僕は、石井聰亙 (現・石井岳龍) 監督の『爆裂都市 BURST CITY』(1982日) も忘れられない。

ディストピア願望は、アホな男子の専売特許と考えるのは早計だ。
そうした願望が男女共通であることを、いち早く見抜いたのが宮﨑駿なのではないかと思う。
1978年に男の子が主役のNHKテレビアニメ『未来少年コナン』をつくった段階でそれに気づき、設立したスタジオジブリでは女の子を主人公とするディストピア作品『風の谷のナウシカ』(1984日) を制作したのだと考えられる。
宮﨑駿のこの感性が、今日のスタジオジブリの隆盛を築いたことは間違いない。

防災グッズの備えの基準は、ディストピアで最初の三日間を生き延びること

僕も当年とって50歳のアホ男子なので、人並みにディストピアへの憧憬がある。
『マッドマックス　怒りのデス・ロード』(2015豪・米) を観れば血湧き肉躍り、地方都市にある寂れた水族館や遊園地の塗装が剥げた施設を見れば、「うぉー、天然のディストピアだ」と盛りあがるのだ。
でも、本当に文明が滅びてサバイバル生活になったら、暑いし寒いしウォシュレットはないし花粉症の薬はないしで、あっという間に音を上げるのだろうとも想像するのだが。

そして我が家の防災グッズは、"ディストピアで生き延びられるか"ということを選定基準にしている。
そうは言っても、常備しているグッズのほとんどは一般に推奨されるものと同じなのだけれど、いちばん大事なものが意外と軽視されているのではないかと思うのだ。
想像できないような大災害に見舞われたあと、とりあえず大混乱の最初の三日間を生き抜くために必要なもの。
それはきっと火器でもなければV8エンジンのモンスターカスタムカーでもない。鎖鎌やブーメラン、北斗神拳でもない。

情報と呼吸だと思う。
情報のためには電池式のラジオと乾電池のストック。そして汚染された大気の中で呼吸を確保するためには、防塵マスクが必須だ。
だから大きなリュックにひとまとめにしている防災グッズのいちばん上には、家族全員分のPM2.5対応マスクを入れてあるんだぜ。

どんなことがあっても、俺たちは生き延びてやるんだ。ヒャッハー！

Genetic Testing

極私的メモリアルイヤーなので
遺伝子検査キットでルーツ探しをやってみた

date : 2019.12.26

今年（2019年）50歳になった僕はその記念として、サムシングスペシャルなものを買おうと心に決めていた。
カメラ？ 腕時計？ バイク？ 楽器？ といろいろ考えてみたが、これといって欲しいものがないことに気がついた。欲しいものがないのに、記念だからといって無理やり何かを見つけて買うのは馬鹿げている。

7月の誕生日を過ぎてからずっとそのことが頭の片隅にあったが、ここにきてようやく決めた。ジェネシスヘルスケアという会社が提供する、「GeneLife 祖先遺伝子検査」というのをやってみることにしたのだ。

ネットで申し込みをすると、自宅に小さな箱が送られてきた。中に入っていたのは、先端に小さなスポンジがついた細胞採取棒と説明書や誓約書のみ。
そのスポンジをほおの内側に擦りつけると粘膜の細胞が採取でき、ジェ社に送付すれば約一ヵ月後に検査結果が知らされる仕組みだ。

ジェ社が提供する遺伝子検査はほかにも、肥満タイプや疾患リスクを探るもの、遺伝的傾向から効率的なダイエット法を教示するもの、肌老化のタイプを分析するものなど様々あるのだが、僕は半世紀を生きたメモリアルとして、自分のルーツを探ってみることにしたのだ。

ミトコンドリアDNAの解析によってわかる遠い祖先の旅路

「GeneLife 祖先遺伝子検査」キットによって判定されるのは、自分の細胞の中にあるミトコンドリアのDNA情報だ。
ミトコンドリアというのは、母親からだけ子に受け継がれるものなので、分析によってわかるのは母系のDNAのみ。

1987年にその解析手法が開発されてから世界中で研究が進められ、母→母→母→母と祖先をたどっていくと、現在の地球上にいるすべての人は、太古の一人の女性を共通の祖先としていることがわかった。20〜12万年前のアフリカに生存していた彼女は、"ミトコンドリア・イブ"と呼ばれる。

人類はこの一人のイブの家系から、ミトコンドリアDNAの変異を繰り返しながら派生し繁栄してきたのだという。そして現代の世界で生きる全人類は、イブから派生したおよそ35人の"母親"の子孫だということも判明している。
日本人に限ると、"母親"はその35人のうちの9人に絞られる。
現在の日本人の95%は9人の母のいずれかを祖先としているのだ。

自分のミトコンドリアDNAが、9人の母のう

ち誰のものと同じかがわかると、遥か昔、自分の祖先がどのルートで日本にやってきたのかが明らかになる。

大陸の北方から地続きの陸地を渡ってきたのか、海を越えて南方からやってきたのか、はたまた中国起源の渡来人なのか、などということだ。

もっとも最近では、母方の1ルートだけを分析するミトコンドリアDNA解析ではなく、もっと多くの先祖情報がわかる"核ゲノム全域解析"という手法が開発され、大学などの機関ではこの方式が盛んに研究されている。

でもまだ一般人が気軽に試せるものではない。

一方のミトコンドリアDNA解析は不完全な検証法ながら、1万円の対価で誰もが簡単に検査してもらうことができ、普及段階に入っているのだ。

検査結果についてはトップクラスの個人情報であり、第一、僕自身以外はまったく興味のない話だろうからあえてここでは書かない。

でも50歳の記念としてアイデンティティを確認したのは、本当に有意義だったと思っている。

あなたも何かの記念に、ルーツ探りをやってみてはどうでしょう？

TV Program

80年代のサブカル馬鹿ティーンエイジャーを
狂喜させたテレビ番組　　date : 2020.1.10

1980年代、パンク、ニューウェーブ系サブカル馬鹿ティーンエイジャーだった僕にとって、いちばんの情報源は言わずもがなの、『宝島』『DOLL』『FOOL'S MATE』といった雑誌。
だけど雑誌の文字&写真の情報だけでは満たされず、生き生きと動く映像を常に欲していた。

でもYouTubeなんて影も形もなければ衛星放送さえない時代だ。
ミュージックビデオ全盛期だったので、『ベストヒットUSA』をはじめとするMTV系音楽番組は人気だったが、何しろ僕はインディーズ系なので、VHF局のメジャーな番組ではなかなか満足できなかった。

そんな僕を喜ばせてくれたのは、UHF局のテレビ番組だった。
ここから先、地域・世代・趣味嗜好の合うごく一部の人にしかピンとこない話だと思うけど、構わずいくぜ!
V局ではフォローしきれないディープな音楽情報を積極的に発信するU局としては、名番組『ミュージックトマト』(略してミュートマ)を抱えるテレビ神奈川が有名だったけど、残念なことに僕が住んでいる地域では受信できなかった。

その頃の僕は東京の辺境、三多摩地区の北端に住んでいたので、入るU局はテレビ埼玉。そして、そのテレビ埼玉でもすごい番組を放送していた。
平日夕方の『SOUND SUPER CITY』(略してSSC)だ。
内外のインディーズ系バンドのミュージックビデオやライブ映像をガンガン流すSSC。
僕にP.I.L.やバウハウス、エコー&ザ・バニーメン、デペッシュ・モード、ニナ・ハーゲン、ザ・キュアーなどなど、旬なニューウェーブバンドの動く姿を初めて観せてくれたのは、SSCだった。

今考えてみると、VHF局や音楽路線で先行するテレビ神奈川に対抗しようという戦略があったのかもしれないけど、単純にそっち系が好きなディレクターがいたんだろうな。

NHKのアーカイブサイトにある伝説的番組『YOU』は、今観ても新鮮

そして本来メジャーであるはずのVHF局も、深夜になると面白い番組を放送していた。大人のエロ番組として名高き『11PM』や『トゥナイト』も、ときどき何を思ったか、インディーズバンドの情報を流したりするので気が抜けなかった。
泉麻人が司会をする『冗談画報』も忘れてはならない。

そして実は、どんなテレビ局よりもトンがっていたのはNHKだった。糸井重里が司会の若者向けトーク番組『YOU』なんて、よくこんな番組をつくれたものだと今でも思う。
NHKの公式アーカイブで当時の映像がちょっとだけ観られるのでぜひどうぞ。
何しろオープニングとエンディングのテーマ曲は坂本龍一だし、タイトルバックの絵は大友克洋だ。すごいことだ。

中学時代、生のYMOやRCサクセションをこの番組で観て、えらく興奮した。盆栽の扮装で踊りまくるパフォーマーの沼田元氣を知ったのも、段ボールアートの日比野克彦を教えてくれたのも『YOU』だった。
NHKはすごかったのだ。

『インディーズの襲来』も、1985年にNHKが放送した伝説的特番だ。
ラフィンノーズ、ウィラード、有頂天、ガスタンク、マダム・エドワルダ、G-シュミットなどなど、当時勢いをつけつつあった国内のインディーズバンドが総出演。
日本でその後の数年間、インディーズが大ブームになりバンドブームへとつながったのだが、この『インディーズの襲来』の放送が起爆剤になったというのは定説だ。

とっちらかったままのうえ、まだまだ書きたいことが山ほどあるけど、大多数の人にはなんのこっちゃという話なので、このへんで切り上げよう。
続きは、いつかどこかの居酒屋で。

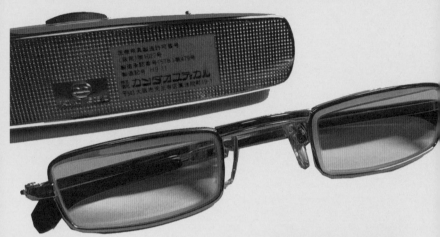

CULTURE #011

Psychedelic Sunglasses

60年代に流行ったサイケなサングラスを、低予算でつくる方法

date : 2020.2.25

たまに、自分が生まれる前に流行った音楽に取り憑かれてしまう病を持っている。

僕は1969年生まれだが、ある時期はひと夏中、ザ・ビーチ・ボーイズを聴きまくったし、ある年の春はザ・キンクス以外が聴けなくなった。

グレイトフル・デッドはやはり最強だと確信した冬もあったし、T・レックスの前身であるティラノザウルス・レックスをヘヴィロテしまくった秋もあった。

そして今、僕がハマっているのはザ・バーズだ。アメリカ・ロサンゼルス出身で1964年から1973年に活躍した、フォークロックグループである。

代表曲はボブ・ディランのカバー曲である『ミスター・タンブリン・マン』とピート・シーガーのカバー曲である『ターン！ ターン！ ターン！』。世界初のサイケデリックロックと目される『エイト・マイルズ・ハイ』も忘れてはならない。

以前はこういう古いバンドにハマりだすと、レコードやCDを買い集めるために相当な散財をしなければならず大変だった。

その点、今は素晴らしい。サブスク様々だ。

古いバンドのアルバムを、お金を気にせずにい
くらでも聴けるなんて、20年前の僕が知ったら
驚くだろうな。

トータル1万円以下で
念願のマッギン・サングラスを
入手してみたのだが……

というわけでザ・バーズに今さらどっぷりの僕は、
勢いあまってこんなサングラスをつくってしまった。
フロントマンであるロジャー・マッギンがジム・マッ
ギンと名乗っていたキャリア初期（1967年くら
いまで）の頃に好んでかけた、極小サイズのス
クエア型サングラス。
通称"マッギン・サングラス"である。

実はロジャー・マッギンが当時かけていたサング
ラスは日本製。大阪のカンダオプティカルとい
うメガネメーカーが、既存の老眼鏡フレームを
ベースにしてつくり、アメリカに輸出していたも
のなのだ。
ロジャー・マッギンが気に入ってかけるようにな
ると、当時勢いのあったイギリスのバンドマンも
真似をする。
ビートルズのジョン・レノンやジョージ・ハリスン、
スモール・フェイセスのスティーヴ・マリオットらも
かけるようになって、一時的な流行となったので
ある。

知る人ぞ知るこのサングラスが、数年前にカン
ダオプティカルから再発された。しかしそれはなぜ
か"ビートルズオフィシャルサングラス"と銘
打たれていた。
レンズには"THE BEATLES"というロゴが入
れられ、定価は66,000円もした。
今でも販売されているので、最初はそちらを買
おうかとも思ったが、いくらマーケティング的な
理由とはわかっていても、「ビートルズじゃなくて、
バーズのロジャー・マッギンだろ！」という心の
わだかまりをどうにも抑えることができなかったし、
懐事情的にも納得いかなかった。

そこで僕は、自分流にマッギン・サングラスをつ
くることにしたのだ。
方法は簡単。もともとの60年代のマッギン・サ
ングラスもカンダオプティカルが1953年から販
売し続けている老眼鏡「スライト」というモデル

をベースにしている。
正確にいえば、マッギン・サングラスはスライト
と比べてフレームがより直線的になっているが、
まあほぼ同じようなものだ。

スライトは1万円ほどで現行品の新品も買えるけ
ど、僕はメルカリで探してみた。すると、なんと
680円で未使用品を購入することができた。
ド近眼なので、サングラスのレンズはできれば
度付きにしたい。
ネットで注文できるレンズ屋さんに購入したスライ
トを送って、レンズ交換してもらった。
こうして、トータル1万円以下で、オリジナルの
度付きマッギン・サングラスが完成したのである。

50年以上前にロックシーンで流行したこのサイ
ケなサングラス。
自分的には超満足しているのだけれども、ユ
ニークすぎてコーディネイトに取り入れるのはな
かなか難しそうだ。

Chicago Post-Rock

シカゴ音響派を代表する人物、
アーチャー・プレウィットとは

date : 2020.3.2

アーチャー・プレウィットというアーティストをご存じ
だろうか？　Archer Prewittという綴りだが、日
本語表記はメディアによって、アーチャー・プル
ウィットやアーチャー・プレヴィットなど揺れがある。
日本語表記がいまいち定まっていないのは、日本
ではあまりメジャーな存在ではないということの証
なのかもしれない。

アーチャー・プレウィットは、1963年生まれのアメ
リカ・シカゴを拠点とするミュージシャン。
1990年代半ばに成立した"シカゴ音響派"という
オルタナティヴロックの一ジャンルの中心人物で

あり、ザ・シー・アンド・ケイクというバンドのメンバー
として現在も活動中だ。

シカゴ音響派というのは、ジャズや現代音楽、ノ
イズなどを内包したポストロックで、1990年に結
成されたトータスというバンドが元祖的な存在。
物憂げな美しいラウンジサウンドを特徴としていて、
僕はその耳あたりのよさが大好きなのだ。
ご存じなかったという方でシカゴ音響派に興味の
ある向きは、まずトータスとザ・シー・アンド・ケイク
を聴いてみることをおすすめする。
狭い世界でまとまったジャンルなので、引き込まれ

た方はさらに、その2バンドに関連する人やバンドをたどっていけばいい。

ザ・シー・アンド・ケイクのメンバーであるサム・プレコップとアーチャー・プレウィットのソロ作品。
ザ・シー・アンド・ケイク以前にアーチャー・プレウィットが組んでいたザ・カクテルズ。
ザ・シー・アンド・ケイクの結成に参加するサム・プレコップとエリック・クラリッジがメンバーだったシュリンプ・ボート。
彼らと関わりの深いミュージシャン／プロデューサーのジム・オルーク。
シカゴではなくケンタッキーのバンドだが、ジム・オルークや、のちにトータスに参加するバンディ・K・ブラウンが在籍したガスター・デル・ソル。
まずはこのあたりを押さえればいいのではないかと思う。

すみません。ややこしいですね。このへんにしておきます。

音楽からファンになる人が多いが、多才な彼のコミックや絵画も最高

ザ・シー・アンド・ケイクではギター、ボーカル、ピアノを担当するアーチャー・プレウィットは多才な人で、コミック作家兼画家としても活動している。
コミックは、2000年代中頃にザ・ハイロウズ（当時）の甲本ヒロトやアーティストの奈良美智が激賞したことから、日本でも一時的にバズった『ソフボーイ（SOF'BOY）』が代表作。

ソフボーイはアメリカの薄汚い路地裏でホームレス生活をする白いヘンテコな生物で、ローラーで轢かれたり銃でハチの巣にされたり、酔っ払いにゲロまみれにされたりと、いつも目を覆いたくなるような悲惨な目に遭う。
それをヘラヘラと笑いながら受け流す、不死身で不気味なキャラなのだ。
子供なんかには決して見せられないひどい内容だが、カラフルなアメコミタッチで描かれる『ソフボーイ』はなぜかすごく魅力的で、ファンも多い作品である。

僕は音楽からアーチャー・プレウィットを知ったが、彼の描く絵のファンにもなった。
数年前におこなわれたトータスの来日公演では、彼が描いた絵をプリントしたバンドTが売られていたので、迷わずゲット。
お気に入りTシャツとして頻繁に袖を通している。

また、彼が描いた絵をベースに起こした、伝説的ミュージシャンのフィギュアがときどき思い出したように発売される。
そんなに大々的に販売される代物ではないので、うっかりしていると見逃してしまうのだが、僕はレゲエミュージシャンのリー・ペリーとNYハードコアパンクバンド、バッド・ブレインズのボーカリストであるH.R.のフィギュアを持っていて、部屋の中の一等地に飾っている。
もともと好きなミュージシャンの姿が、敬愛するアーチャー・プレウィットのフィルターを通してフィギュア化されているのだから、僕にとっては堪らん逸品なのだ。

いろいろと説明が難しくて、興味のない人にはまったく面倒くさいだけのコラムになっていると思うが、どうかご勘弁ください。
興味のない人は三行目くらいで読むのをやめているだろうから、気にしなくてもいいのかな。

Precious DVD

いまわの際まで繰り返し観る予定の
『北の国から』と『ふぞろいの林檎たち』

date : 2020.3.6

小学5年生の娘は最近、テレビドラマにハマっていて、毎シーズン何かお気に入りを見つけては欠かさず観るようになっている。
一応、親として小学生が観ても大丈夫な内容かどうか横目でチェックしているけど、自分のことを思い返してみると、そんなにうるさくすることもなかろうと考えている。

僕が小学6年生の頃、一世を風靡したドラマがあった。倉本聰原作・脚本の『北の国から』だ。
吉岡秀隆演じる純がだいたい同じ歳だったこともあって、あっという間に引き込まれた。
いしだあゆみ演じる母・令子のゲス不倫や、田中邦衛演じる父・黒板五郎の中年恋バナなど、小学生にはちょっときつい話もあったはずだが、僕にとってはいろいろと目覚めるきっかけになったドラマであり、心に深く刻み込まれた。
主要キャストはもちろんみんなよかったけど、なぜかグッときたのは、涼子先生役の原田美枝子と雪子おばさん役の竹下景子だったな〜。

そして、もっといろいろ目覚めまくっていた中学2年生の頃、もうひとつの伝説的テレビドラマが放映された。山田太一原作・脚本の『ふぞろいの林檎たち』である。
『北の国から』もそうだけど、日本のテレビドラマ史上に燦然と輝く名作中の名作だから今さら話の筋など書かないが、まあいろいろ

と衝撃的だった。
中井貴一演じる仲手川、時任三郎演じる岩田、柳沢慎吾演じる実。この三人の三流大学生に、手塚理美演じる陽子、石原真理子演じる晴江、中島唱子演じる綾子が絡む青春劇。
でも、もっとも鮮烈に記憶に残っているのは、脇役の高橋ひとみなんだよな〜。

同世代の人たちはきっと深くうなずいているはずだ。
というわけで、僕に人生のほとんどすべてを教えてくれた二本の偉大なドラマ。
サブスク全盛の今だが、この揺るぎなきバイブルだけはいつでも自由に観られるようにしたくて、両ドラマのシーズン1はDVDで保有している。
死ぬまで、何度も繰り返し観返すつもりだ。

**両ドラマの共通点は秀逸な音楽。
サザンオールスターズと
さだまさしは特別な存在だった**

2つのドラマの共通点は、音楽が秀逸だということ。
ご存じのように『北の国から』はさだまさしのオリジナル曲、『ふぞろいの林檎たち』は初期サザンオールスターズの既存楽曲が全編を通して流れる。

中学時代、僕はパンクロックとニューウェー

ブに夢中であり、ほかのジャンルは敵性音楽だと嫌っていたのだが、ふたつのドラマのおかげで「さだまさしとサザンオールスターズは違う。いい！　認める！」と思っていた。アホだ。

前に読んだ記事にこんなことが書いてあった。ある日、倉本聰の自宅に突然招待されたさだまさしは、「今、撮っている富良野を舞台にしたドラマのために、音楽をつくってくれないか」と依頼されたそうだ。
大脚本家からの直々の頼みだから、考える余地もなく快諾。「いつまでに？」と聞いた、さだ。
すると倉本は「ちょっと急いでるので、今、つくってよ」と言ったのだそうだ。
泡を食いながら倉本聰の目の前で紡ぎ出したのが、あの美メロだったというのだから、やっぱりさだまさしは天才なのかもしれない。

そしてドラマの内容と音楽がより強くリンク、というかサザンの曲なくして成立しないのが『ふぞろいの林檎たち』だ。

心が動かされる瞬間にスッと寄り添うように流れるので、ストーリーを思い出すと自然に頭の中で各曲が再生される。
あるいはサザンの特定の曲を聴くと、ドラマのシーンが蘇ってくる。

特に効果的に使われていた曲のひとつが『Ya Ya（あの時代を忘れない）』。
僕は個人的なリアル体験でも、この曲に思い出がある。通っていた高校の最終下校を促す校内放送が同曲だったのだ。
『ふぞろいの林檎たち』の記憶とも相まって、今でもこの曲を聴くと、夢の中のようなあの頃のことが生々しく蘇る。
馬鹿で情けなくてモテないのに自意識ばかり過剰な高校生だったから、楽しかった思い出と同じくらい、切なく恥ずかしい記憶が蘇ってきて頭をかきむしりたくなることもあるけど。

まあ、誰にとっても青春なんてそんなものなのかもしれない。

Wunderkammer

いつかヴンダーカンマー(驚異の部屋)を
つくったろうと思っています

date : 2020.3.13

"ヴンダーカンマー"というものをご存じだ
ろうか？　Wunderkammerというドイ
ツ語で、「驚異の部屋」あるいは「不思
議の部屋」と訳される。
15～18世紀にかけてヨーロッパの上流
階級の人たちが盛んにつくっていた博
物陳列室のことだ。

時は大航海時代であり、貴族たちは
世界中の様々な場所で発見された珍
奇な品々──生物標本や貝がら、サン
ゴ、鉱物、化石などの自然科学ものか
ら、考古学にまつわるもの、宗教的遺
物、絵画、細工物、武具、数学や医学、
天文学の道具、東洋の陶磁器やアン
ティークまで多岐にわたる──をせっせ
と集め、部屋に飾って愛でたという。

18世紀半ばには廃れた趣味なのだが、
ヴンダーカンマーは現代の博物館の前
身。
大英博物館はアイルランドのハンス・ス
ローン準男爵（1660-1753）という人
のヴンダーカンマーに収められていた蒐
集物をベースにしてつくられたのだそうだ。

僕は以前、東京大学総合研究博物館
による「驚異の部屋 展」というものを見
て強い衝撃を受け、ヴンダーカンマーに
密かに憧れるようになった。

ガレージだけじゃない、男の趣味を凝縮した「男の洞窟」マンケイブ

じゃあ、"マンケイブ"という言葉はご存じ
でしょうか？
Man Cave──直訳すると「男の洞窟」。

要するに、大人の男の趣味を凝縮した、
隠れ家的くつろぎ空間のこと。
所ジョージとか岩城滉一とかヒロミとか、
ああいうヤンキー系大金持ちは、マニ
アックな車やバイクを集めたガレージを
築いていて、メディアでよく披露している。
うらやましいったらありゃしないけど、あれ
なんて典型的なマンケイブだ。

でもガレージはマンケイブの一形態にす
ぎず、ほかにもアウトドア、キャンプ、サー
フィン、オーディオ、楽器、ゴルフ、釣り
などなど、大人の男の趣味の数だけマン
ケイブのバリエーションはある。
男だったら誰でも、可能であればそうした
趣味の品々に囲まれた自分だけの癒し
空間＝マンケイブを築きたいという願望
を持っているのではないだろうか。
少なくとも僕はめちゃくちゃ持っている。

では、もしもその日が来たら、僕はどんな
マンケイブをつくるか。
これまでに買い集めた大量の本とレコー
ドとCD、それにどっかへ行くたびに拾っ
たり買ったりして集めている、ひとくくり
ではなんとも説明しがたい自然科学系
の蒐集物──貝がらや石ころ、昆虫標
本、クジラのヒゲ、バカでかいひょうた
ん、鳥の羽根、ラッキービーンズなどなど
──をあちこちに飾って、自分なりのヴ
ンダーカンマーにしたいと思っているのだ。

写真に収めたものは、我が家に分散し
て置いてある蒐集物の一部。恐ろしいこ
とに、実はまだまだたくさんある。家の
中がちっとも片付かないわけだ。
でも夢のヴンダーカンマーを目指して、も
う少し頑張って集めたいと思います。

80's Navi
2005年

80's R&B
Smooth Jazz All Stars
2010年

80's スクリーン・ミ
スターライト・オーケスト
2012年

80s 12'' Summer
Various Artists
2010年

80s British Pop
Various Artists
2017年

80s Mixtape
Various Artists
2017年

80s Smash Hits
Various Artists

CULTURE #015

date : 2020.6.2

Killer Tune

DJパパ～1980―90年代に青春時代を送った
サブカルお父さんの選曲

新型コロナによる外出自粛期間中、Netflixや
Amazonプライム・ビデオなどのサブスクが大繁盛
となったようだが、我が家もご多分にもれずお世
話になった。

うちの小6娘はプライムオリジナルの米ドラマ『ま

ほうのレシピ』(原題『JUST add MAGIC』)の
大ファン。
ざっくり説明すると、主人公である三人のロー
ティーン少女が見つけた古いレシピ本がキーアイ
テムで、そこに書かれている通りに料理をつくっ
て食べると、いろいろな魔法が使えるというファン

1990年代 R&Bヒッツ ベスト
Apple Music

1990年代 ヒップホップ ベスト
Apple Music

1990年代 パーティーポップ べ…
Apple Music

1990年代 オルタナティブ ベスト
Apple Music オルタナティブ

1990年代 TVドラマテーマ曲…
Apple Music J-Pop

1990年代 アニメ ベスト
Apple Music アニメ

iPhone
Come Undone

タジックな内容。全体的に、なかなかよくできたドラマだ。
歳が近い主人公たちの活躍に感じるところが多々あるらしく、娘は全シーズン・全エピソードを何度も繰り返し観ている。

昨年配信されたシーズン3の中に、「パーティー台なしホイップ」という回がある。主人公の一人・ケリーのサプライズ誕生日パーティーの話だ。
そのパーティーでDJを任され、レコードをかけているのはケリーのパパ。
「さあ踊りなよ。カモーン!!」と子供たちを煽るのだが、なぜか誰も乗ってこない。
ある少年が近づくとパパは「やあ何がいい？ ティ

アーズ・フォー・フィアーズ？ デュラン・デュラン？」と聞く。
少年は苦笑しつつ「おじさん、気を悪くしないでほしいんだけど、今世紀の曲はないの？」。するとDJパパは眉間に皺を寄せ、「気を悪くしないでほしいが、今世紀に名曲はない」と断言する。

娘と一緒にこのシーンを観ていて、（ああ、これは俺のことだ）と気持ちがムズムズした。
やっぱりアメリカにもいるんだな〜。DJパパは同世代に違いない。
「今世紀に名曲はない」か。まったくその通りだぜ……。

車の中では小学生の娘と
選曲権の奪い合いに

いや、一端の音楽好きとして、そんなことじゃかんと思っている僕は、新しい曲も積極的に聴くようにはしているのだ。
そして、「いいね」と思うアーティストもいっぱいいる。でも所詮「いいね」止まり。
10〜20代の頃に聴いた曲のような、我が身に染み入る感覚はもはや味わえない。
これはひとえに、感性の衰えによるものだということは否定できない。
でも最近は、もうそれでいいと開き直ってもいる。

車の中ではいつも助手席に座る娘と選曲権の奪い合いになる。
たいていは、「運転しているのはパパだから、パパに権利があるのだ！」と押し切り、僕の好きな曲ばかりをかけるが、その間、娘は死んだ魚の目をしているので、ある程度のところで譲ってあげる。
すると、アナ雪やミニオンズのサウンドトラックとか、あいみょんとかTWICEとかばかりで、今度はこちらが死んだ魚の目になってくる。

パパの曲でもたまに娘にヒットするものがあって、ブルーハーツとかエレカシとかスピッツとかオザケンとか戸川純の曲が、彼女専用のプレイリストにポツポツと混入している。
ただしそれは稀なことで、先日はついに娘から「パパの好きな曲は、だいたいみんな同じに聴こえる」と言われてしまった。
DJパパは悲しい。
まあね〜。僕も子供の頃、親が聴いている演歌や歌謡曲は大嫌いだったけど、まさかそんなふうに聴こえてるわけじゃないだろうな。

Soccer

CULTURE #016

Soccer

サッカー部野郎は許しがたいけど
サッカーファッションはかっこいい

date : 2020.6.12

50歳を越えた今になってもときどき夜中に突然ガバっと目が覚めて、「サッカー部のあの野郎をぶん殴ってやりたいのさ！」(©銀杏BOYZ(※))と気持ちがたかぶるのだ。

これは、くさいことで有名な剣道部だった僕のような非球技系運動部出身者、あるいは文化系部活および帰宅部出身者あるあるだ(ほんとか?)。

サッカー部野郎に直接的な恨みはない……。たぶんなかったと思う。なかったんじゃないかな。まあ、忘れた。

今ももちろんだけど、プロリーグ設立の気運がいよいよ高まっていたあの頃(1980年代後半)、サッカー人気は抜群だった。

サッカー部は花形でモテモテだった。要するにうらやましかったのだ。

それならサッカー部に入ればよかったじゃんかと、人は言うかもしれない。

だが僕は球技が下手だった。

寄ってたかってボールを奪い合うのがいたたまれず、「何をそんなに必死になって……。欲しけりゃやるよ」という気分になる。

テニスやバレーボール、卓球なども、相手が嫌がる場所にわざわざボールを打ち込むような性悪な真似はできない。

要するに向いていないのだ。

本当を言えば、剣道部だろうが将棋部だろうが天文部だろうが帰宅部だろうが、かっこいいやつはかっこいいしモテるやつはモテる。

竹内涼真がもし漫画研究会を選んでいれば、その学校では漫研が花形だったはずだ。

それにしてもサッカー部は……。まあいいや。

懐かしのマッドチェスター気分に浸れるアンブロのオーバーサイズなサッカーシャツ

僕はスポーツ観戦にもほとんど関心がない。

サッカー選手で今は誰が人気なのかなんて、4年に一度のワールドカップの頃にならないとわからない。

でも、サッカーのファッションアイテムには少し興味がある。

1960年代〜のスキンヘッズ、1970年代〜のペリーボーイズ、1980年代〜のカジュアルズといった、英国のワーキングクラス系ストリートカルチャーが好きだからだ。

地元意識の強い彼らは、自分たちがいちばんかっこいいと思うスタイルでサッカー場に集まり、贔屓のチームをサポートすることに命をかけていた。

要するにフーリガンカルチャーだけど、1980年代終わり〜90年代初頭に僕がどっぷりハマったマッドチェスターもこの流れの中にあった。

当時、ダボダボのサッカーシャツを着るのが最先端"おマンチェ野郎"だったのだ。

大学生だった僕は、古着屋で見つけたオーバーサイズのサッカーシャツを、バギーパンツに合わせて着ていた。

特にイケていたのは、マンチェスター生まれのフットボールブランドであるアンブロ。

マッドチェスタームーブメントの中核であるザ・ストーン・ローゼズのイアン・ブラウンも、一世代あとのブリットポップだけどマンチェスター出身でマッドチェスタームーブメントの影響色濃いオアシスのリアム・ギャラガーも、よくアンブロを着ていたっけ。

そんなことを思い出しつつ、久しぶりに買ったアンブロのサッカーシャツ。

袖を通せば気分はおマンチェ。最高。

非常に個人的かつアナクロチックな話ですが。

Back to the Future

『バック・トゥ・ザ・フューチャー』観るならVHSで

公開35周年のメモリアルイヤーだからということらしい。
映画『バック・トゥ・ザ・フューチャー』のシリーズ三部作が、三週連続で地上波放送されている。
僕はこの映画に強い思い入れを持っているのだ。

日本では1985年12月、僕が高校1年生だった冬に公開された『バック・トゥ・ザ・フューチャー』。
その頃、仲がよかった友達と吉祥寺の映画館で鑑賞した。
僕の通っていた高校は少し特殊な学校で、全校生徒のうち3分の2が海外からの帰国生。僕は少数派の国内進学組だったが、その友達はバリバリのアメリカ帰りだった。

映画を観ている間も終わったあとも、そいつは「懐かしいな〜」「これだよ、これ！」「またアメリカに行きたいな〜」とうわごとのように言っていて、僕とは違う何かを感じているようだった。
ツッパリ全盛時代の東京・三多摩地区公立中学校出身の僕にとっては、僕らと同い年の設定であるマイケル・J・フォックス演じる主人公マーティの、いかにもアメリカ的な暮らしとものの考え方は、これまで自分を取り巻いていた物事とあまりに違ったし、とても新鮮だった。

キレイなデジタルリマスター版には現れないミッド80'sのあの雰囲気

パート2もパート3も公開されるやいなやすぐ映画館へ走った。
その後もレンタルビデオを何度も借りた挙句、こんなに繰り返し観るのなら買った方が得だなと思ってVHSのビデオソフトを購入した。

30歳でパーキンソン病と診断され身体の自由が利かなくなっても、みずからの難病と闘いつつ社会貢献活動をおこない、果敢に人前に立ち続けるマイケル・J・フォックスのリアルな生き様にも刺激を受けた。

一緒に映画を観に行った友達とは、喧嘩をしたわけではないけど、青春時代に起こりがちなちょっとした行き違いから関係が薄まり、そのまま卒業。
大人になってからはテレビマンとして活躍していると風の便りで聞いていたし、同窓会で久しぶりに再会したときは、昔のようにたわいのない会話も交わした。
でも彼は数年前、病気で天国に行ってしまった。
マーティと同い年の我々はもう、そういうことも起こりうる年齢。
『バック・トゥ・ザ・フューチャー』は、我が人生とともにあるような映画なのだ。

サブスクでも何度も観たのに、今回の地上波放送もまた観てしまった。しかし最近のそうした映像には、軽い違和感を抱かざるをえない。
僕の心の中の『バック・トゥ・ザ・フューチャー』は、ちょっと粗くて暗いアナログ映像。
最近のキッパリキレイなデジタルリマスター映像は、何かが少し違う感じがしてしまうのだ。
いろいろなことに思いをめぐらすためにも、そういう粗さを含むあの頃＝ミッド80'sの映像に浸りたい。
だから令和時代の今もまだ、『バック・トゥ・ザ・フューチャー』のVHS版と、それを再生できるビデオデッキは捨てられないのである。

Artbook

G.I.S.M. 横山SAKEVI氏のアートブックは正座して拝読するに値する一冊

date : 2020.8.24

税込11,000円と、一冊の本としてはかなり高価なものだ。

だから4月の発売以来、少し躊躇していたのだが、我慢できずに買ったのが横山SAKEVIのアートブック『Oppressive Liberation SPIRIT Volume1』である。

そしてこんな軽いノリの本コラムで紹介していいものかどうかも少し迷っていた。

何しろ僕ら世代のハードコアパンクファンにとって、G.I.S.M.（ギズム）のボーカリストである横山SAKEVI氏といえば、ハリー・ポッターのヴォルデモート卿よろしく、その名を口にするのも憚られる最大最強の存在なのだ。

だから軽々に語ることはできない。でも手元に置いておくだけで満足できるような素晴らしい本なので、失礼にならないように気をつけながら、ご紹介したいと思った次第である。

1981年に結成された横山SAKEVI率いるG.I.S.M.は、"anarchy & violence"の活動スローガンを掲げるハードコアバンドで、怖いバンドが勢ぞろいしていた1980年代のパンクシーンの中でも、圧倒的な存在だった。

メタル色の強いハードコアサウンドは死ぬほどかっこよかったし、何より、スローガンを地でいく暴力的なステージは活動初期から数々の伝説を残していた。

バンドにまつわるすべてのアートワークを

手がけてきた横山SAKEVIの作品集

G.I.S.M.が濃密に活動した時期は1980年代だが、僕は噂に恐れをなし、当時は結局、一度もライブを観に行ったことがなかった。

初めて観たのは2002年2月。

初期からのギタリストであるRANDY内田氏の死去に伴っておこなわれたライブイベントだったが、G.I.S.M.はこれを最後に事実上、解散してしまう。

しかし2016年4月、オランダで開催された音楽イベントに出演し、14年ぶりに復活。

それ以降はほとんど告知なしでライブをおこなったり、未公開ライブ映像のみを編集した映画を限定上映したりと、散発的な活動を続け今にいたる。

横山SAKEVIは、バンドにまつわるすべてのアートワークをみずから手がけてきた。

そんな氏の手によるG.I.S.M.草創期からのフライヤーやレコードジャケット、『warp』『BURST』などの雑誌に掲載したアートワーク、自身のブランド「stITH®」のグラフィックなど、数々の作品を一冊にまとめたのがこのアートブック。

ファンとして、買わずにはいられますまい。

内容は筆舌に尽くしがたいほど素晴らしく、いつも正座してページをめくっています。

Face Mask

往年のUKバンド公式グッズとして
マスクが売られる時代になりました

date : 2020.9.7

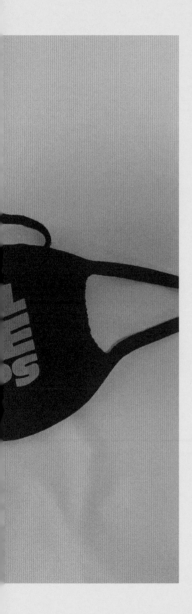

バンドTシャツをはじめアーティストグッズが好きで、ライブ会場の物販コーナーやバンドのウェブサイトをチェックしては、なんやかやと購入している。

ライブの場合、チケット代よりもそうしたグッズ代の方が高くつくこともままあるが、アーティストにとって物販は馬鹿にできない収入源。

マイナーなバンドほど、ライブや音源の販売で得られる収入はわずかなもので、物販に命をかけている場合がある。

だから僕は応援の意味も込めて、好きなバンドのグッズを積極的に買うことにしている。

1980年代後半〜1990年代前半に盛りあがった、イギリス・マンチェスターを中心地とするダンサブルなロックムーブメント、マッドチェスターの雄であるハッピー・マンデーズ。このクラスのバンドなら、そんな心配は杞憂かもしれない。

でも、1993年にいったん解散したのち1999年に再結成したのは、ボーカルのショーン・ライダーをはじめとするメンバーの借金解消を目的としていたという。

その後も往年のファンに支えられてはいるものの、かつてのビッグセールスなどは期待できないから、やっぱり心配してあげるべきなのか。

エラそうにそんなこと言っておりますが、単純な話、こちらは30年来のファンなので、ハッピー・マンデーズの公式サイトを定期的にチェックしていた。

マンデーズファンになら
きっとわかってもらえるこのセンス

そしたら先日、こんなものが売り出されているのを発見したのです。

世界的な新型コロナウイルス蔓延に対応したマスクである。

ブラックの布製で、前面にはファンならすぐにそれとわかる、ハッピー・マンデーズ一流のドラッギーに揺らめく書体で、歌詞フレーズなどがプリントされている。

しかし、もともと薬の密売を生業にしていた街のド不良揃いのハッピー・マンデーズ。

ムーブメント全盛期もドラッグや暴力など、様々な問題があとを絶たなかった彼らが、こんな健康グッズを繋ぐ日が来るとは。

えらい時代になったもんだ。まあ、シャレなんだろうけど。

プリントは僕が選んだ「YOU'RE TWISTING MY MELON MAN」「CALL THE COPS」（いずれも代表曲「Step On」の歌詞から）のほか、「24 HOUR PARTY PEOPLE」「HAPPY MONDAYS」バージョンがあった。

ちょっとパーティグッズのように見えるかもしれないけど、わかる人にだけ「おっ」と思ってもらえればよし。

今の季節にはまだちょっと暑いので、もう少し涼しくなったらこれをつけて一人rave onするのだ。

Occult

僕の人生で唯一のオカルト体験は、
1979年の早春に兄と見たあのUMA

date : 2020.12.21

あれは確か1979年の早春、小学4年生になる前の春休みだったと記憶している。

当時、岐阜との県境にある愛知県郊外に住んでいた僕は友達から、近くに造営中の団地の敷地内で"口裂け女"が出たという話を聞きつけた。

さっそく3学年上の兄が運転する自転車のうしろに乗り、噂の団地へと向かった。

その日は工事の人もおらず、真新しいのにまったくの無人でシンと静まりかえっている団地は薄気味悪かった。

口裂け女はなかなか見つからなかったが、曇天で肌寒く、だんだん日が傾き不気味さを増していく団地にはいたたまれず、早々にあきらめて帰路につくことにした。

そして、帰り道でそれを発見してしまったのだ。

歩道脇の草むらの中に、ちょうど靴の箱くらいの大きさの、いかにもいわくありげな雰囲気の木箱が置かれていた。

「あれ何だろう?」

素通りできなかった僕と兄は、自転車をとめ、草むらに分け入って箱の中を確かめることにした。

恐る恐る近づき、箱の中を上からそっと覗いた僕と兄は、二人して「ぎゃあ!」とマンガのような悲鳴をあげた。

大福くらいのサイズの真っ白な"毛玉"が8つ、整然と並んでいたのだ。

一瞬しか見なかったのではっきりしないが、それぞれの毛玉にはツムジのような渦があり、ぽってりとした重量感は植物というよりも動物っぽいたたずまいだったと思う。

僕と兄は恐ろしさのあまり、全速力で家に逃げ帰った。
あれは間違いなく、口裂け女と同時期に全国で目

Occult

撃情報が相次いでいた"ケサランパサラン"だったと思っている。

兄とはその後、あの日に目撃したケサランパサランについて話をしたことはないが、果たして今でも覚えくいるのだろうか。それとも、実は僕だけの記憶に残っている白日夢だったのだろうか……。

富士山の麓に家を持つ今、いつかは必ずUFOを目撃してやろうと思っている

というのが、僕の人生におけるたった一つの超常体験である。

今よりもずっと世の中がオカルトに寛容であり、大人たちがあの手この手で子供を怖がらせようとしていた1970～80年代に少年時代を過ごした僕は、ご多分にもれず霊や超能力、UMA、UFOの類の話が大好きだった。

しかし霊感もヤマ勘も第六感も並以下だったらしく、霊を見ることもスプーンを曲げることもなかったし、ツチノコもUFOも見ることはなかった。
中岡俊哉や新倉イワオを唸らせようと、家じゅうのアルバムをひっくり返して全写真をくまなくチェックしたけど、霊の指一本も発見することはできなかった。
オカルトとは無縁の人生なのだ。
1979年のケサランパサランを除いては。

ずっと東京で暮らしている我が家だが、5年前に思

うところがあって、山梨県の山中湖村に別荘を購入し、今は東京と山の家の2拠点生活、いわゆるデュアルライフを実践している。
自然豊かな山中湖村の星空は見事なもの。あちらに滞在している間は、夜空を見上げることが多くなった。
特に、年に数回ある流星群の時期には、流れる星を数えて数時間も空を眺めていることがある。

山中湖といえば富士山の麓。富士山といえば日本のUFO目撃の中心地。
オカルト時代育ちの僕の頭の中には、しっかりインプットされている。
だから流れ星を数えながらも常にUFOを探しているのだが、残念ながらいまだ発見には至っていない。

あとがき

2020年2月頭の現在、僕が住んでいる東京は緊急事態宣言下にある。恐ろしいウイルスが蔓延しているため、外出する際は必ずマスクを着用し、会食などによる人との無用な接触を避けることが推奨され、巣ごもりを半ば強制されている。

海外渡航はほぼ全面的に制限され、国内での移動も自粛ムード。経済は落ち込み、企業の倒産、失業、自殺率が上昇し、東京オリンピック開催は見通し不透明で、明確なメッセージを出さない為政者の信頼度は地に落ちている。

そんなのもはや『AKIRA』や『爆裂都市BURST CITY』の世界ではないか。ディストピアではないか！

鎖鎌と改造モンスターバイクを用意しろ！　ヒャッハー！

とはならず、僕は相変わらず、犬と近所を散歩し、部屋で好きな音楽を聴き、本を読み、原稿を書いて過ごしている。

もう少し暖かくなったら、いつもの年と変わらず梅が咲き桜が咲く。ヤマザキ春のパン祭りだって、例年通り開催されるだろう。とても楽しみだ。

せっかくの「あとがき」だから、激動の世情とそれを横目で見ながら変わらぬ日々を送る自分を対比させ、何かちょっといいことでも書こうと思ったのだが、気の利いた文句が思いつかない。

「あそびをせむとやうまれけむ」とばかり、いつまでも中二の心を保ち、仕事をするふりして戯れ続けた果てがサブカルオヤジ。

そんな僕が無理しても、馬鹿がバレるだけなのでやめておく。

読者の皆様へ。

僕のサブカルな身辺雑記を読んでいただき、ありがとうございます。

鋭敏な読者諸兄に、「これを書いているやつはアホじゃなかろうか」と気付かれちゃったのではないかと少し心配だ。

でももしかしたら、筆者も薄らぼんやりとしか意図しなかった何かしら真実のカケラを、行間に見つけてくれた方もいたかもしれない。

いずれにしてもこの本を手に取ってくださったすべての皆様には、感謝の言葉しかありません。

そしてウェブでの連載当初から本書の編集まで担当していただき、いつも僕のやる気を喚起させるような激励をくれた、集英社の志沢直子さん。

前職からの長い付き合いで、みなまで言わなくても僕の好みをわかっていて、ハイセンスなブックデザインをしてくれたデザイナーの矢野知子さん。

前作に続いて、勢いで書き散らかした僕の原稿に的確な指摘をくださった校閲の加藤優さん。

そしてすべての原動力となるとともに、ネタ切れの際にはちょくちょく原稿にも登場してくれた妻と娘と犬。

すべての皆さん、「ありがとうございます」。

2021年2月

スピッツ『チェリー』と

Pixies『Where Is My Mind?』を聴きながら

佐藤誠二朗

佐藤誠二朗（さとう・せいじろう）

児童書出版社を経て宝島社へ入社。雑誌「宝島」「smart」の編集に携わる。
2000〜2009年は「smart」編集長。2010年に独立し、フリーの編集者、
ライターとしてファッション、カルチャーから健康、家庭医学に至るまで幅広
いジャンルで編集・執筆活動を行う。初の書き下ろし著書『ストリート・トラッ
ド〜メンズファッションは温故知新』はメンズストリートスタイルへのこだわり
と愛が溢れる力作で、業界を問わず話題を呼び、ロングセラーに。他『日本
懐かしスニーカー大全』『時代を切り開いた世界の10人⑨豊田佐吉と喜一郎』
『秋本治の仕事術』『糖質制限の真実』『ビジネス着こなしの教科書』『ベス
トドレッサー・スタイルブック』『ボンちゃんがいく☆』など、編集・著作物多数。

装丁・デザイン　矢野知子

校正　加藤　優

オフィシャル・サブカルオヤジ・ハンドブック
ストリートおじさんの流儀100

2021年2月28日　第1刷発行

著　者　佐藤誠二朗
発行者　樋口尚也
発行所　株式会社　集英社
　　　　〒101-8050　東京都千代田区一ツ橋2-5-10
　　　　電話　編集部　03-3230-6143
　　　　　　　読者係　03-3230-6080
　　　　　　　販売部　03-3230-6393（書店専用）
印刷所　大日本印刷株式会社
製本所　ナショナル製本協同組合